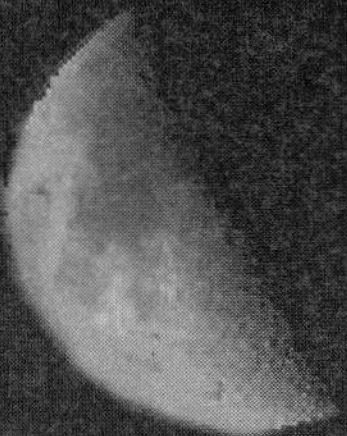

月《つき》の目《め》と赤耳《あかみみ》「早春編」

―老人ホームの二千年物語

木村桂子

鳥影社

月《つき》の目《め》と赤耳《あかみみ》「早春編」目次

――老人ホームの二千年物語

プロローグ　老人ホームの奇妙な老人Yの話　8
第一週　名付け親になった話　山《やま》くい60〜70才、赤耳《あかみみ》0〜10歳　12
第一日　まことの名「こもりの山くい」の話　12
第二日　よみ族の赤ん坊の話　17
第三日　こもり族の長の話　22
第四日　こもりの赤耳の話　27
第五日　長老鷲《ちょうろうわし》の話　33
【看護日誌――老人Yの話　第一週あらすじ】　38
第二週　赤耳《あかみみ》が精霊《せいれい》に出会った話　山くい70〜73歳、赤耳10〜13歳　39

第六日　親無しっ子三人組の話　39
第七日　かも族の若君の話　43
第八日　山田のくえ彦の話　47
第九日　よみ族とこもり族の取り決めの話　52
第十日　長老鷲を探す話　57
【看護日誌――老人Yの話　第二週あらすじ】　62
第三週　よみ族と地底の話　山くい73歳、赤耳13歳　63
第十一日　こもり族の寝小屋の話　63
第十二日　鷲と大鷲の話　67

第十三日　よみ族の墓「磐座《いわくら》」の話　71
第十四日　地底の川の話　76
第十五日　指笛《ゆびぶえ》の話　80
【看護日誌——老人Yの話　第三週あらすじ】　85
第四週　かもの鳥取とこもりのさざきの話　山くい73歳、赤耳13歳　86
第十六日　地底の落とし穴の話　86
第十七日　緑色に光る生首の話　90
第十八日　長老鷲の二羽の子どもの話　94
第十九日　親無しっ子さざきの歌の話　99

第二十日　炭泥棒《すみどろぼう》の話　104
【看護日誌——老人Yの話　第四週あらすじ】　109
第五週　巣立ちの時の話　山くい73歳、赤耳13歳　110
第二十一日　赤耳が灰坊の長すねになった話　110
第二十二日　大鹿の妖術《ようじゅつ》の話　115
第二十三日　指笛の絆《きずな》の話　120
第二十四日　古いよみ族の話　125
第二十五日　コウモリ茸《タケ》の話　130
【看護日誌——老人Yの話　第五週あらすじ】　135

第六週　あまの大巫女《おおみこ》の話　山くい75歳、赤耳15歳　136
第二十六日　炭を選ぶ赤い小蛇《コヘビ》の話　136
第二十七日　赤耳と月の目が会った話　141
第二十八日　赤耳の生母の話　146
第二十九日　大巫女に霊が宿った話　151
第三十日　呼び合う笛の話　156
【看護日誌――老人Yの話　第六週あらすじ】　161
エピローグ　月の目と赤耳の運命　162

プロローグ

老人ホームの奇妙な老人Yの話

かずきは、大阪の老人ホームに就職して一ヵ月になる。先輩《せんぱい》や同僚《どうりょう》から教わることを噛《か》み砕《くだ》く暇《ひま》もなく、ただ時間に追われる毎日だった。勿論《もちろん》、入所している老人の顔や行動も、なかなか覚えこめない。だが真っ先に名前を覚えた老人が一人いる。それが老人Yだった。老人Yが何歳になるかは、誰《だれ》も知らない。ただ昼となく夜となく、ろくに眠りもせず、ホームの中を徘徊《はいかい》するのだ。そして職員をつかまえては、訳の分からないことを口走る。

「わしは、明治維新《いしん》の後、都が京から江戸に移った時、村一番の長寿の翁《おきな》として、明治天皇に拝謁《はいえつ》したことがある」

それを聞いた誰もがあきれて、話を聞かない。そのため、老人Yはよく癇癪《かんしゃく》を起こしたが、ある時、また一号室でわめきだした。

女性の職員があわてて室内へ入ったので、かずきも部屋の入口まで走って行ったが、老人Yは女性職員を突き倒した。しかも、はずみで自分もテーブルにぶつかると、そのテーブルを持ち上げて、廊下へ放り投げた。何事かを口走って、カーテンまで引きちぎろうとしている。老人とは思えない力だが、他の職員はなすすべがない。かずきの後ろから、男性の職員が小声で教えてくれた。

「五年前、この老人はここから離《はな》れた山中で保護されたが、いくら調べても住所や戸籍《こせき》がわからない。仕方なく市役所が身元引受け先になって、このホームに入所したんだ。今は、ここが戸籍地で、氏名も市役所がつけた仮の名だよ。今日のように、何かの拍子《ひょうし》に暴れだすと、手がつけられない。本当の名前だってわからないし、すぐに怒りだすから話を聞きだすこともできない。」

その話を聞いていたかずきは、ふと気づいた。部屋の中をふり返って、テーブルのどこかにひっかけたらしく、老人Yの腕《うで》に血がにじんでいたからだ。

「大変だ！

手当てしなけりゃ……」

そう思ったかずきは部屋に飛びこんで、仁王立《におうだ》ちになっていた老人Yの腕をつかみ、いきなり口をあてた。昔子どもの頃、ころんだ自分に祖父がしてくれたように、傷口を吸ったのだ。すると老人Yは、急におとなしくなってつぶやいた。

「おまえ、随分《ずいぶん》背が高いな……。耳を見せてみろ！」

老人Yはいきなり背伸びをすると、長くなっていたかずきの髪を引きつかみ、引きよせた耳の裏表を食い入るように見つめた。反対側の耳も調べてから、老人Yは又つぶやいた。

「赤いあざはないな。だがおまえ、ひょっとして、よみの民か？」

老人Yの言うことは意味不明だったが、この時以来、かずきの指示に従うようになり、かずきが話相手をした日の夜は、ぐっすり眠るようになった。徘徊が収まったのだ。ホームの職員たちの願いで、かずきは老人Yの専従にされた。

何故《なぜ》だか理由はわからないが、老人Yは来る日も来る日も、かずき相手に昔話をする。

季節が春から夏になり、夏から秋へ、秋から冬へと変わって、老人Yが全てを語り終わった後、かずきはその物語を二つに分けて記録した。

第一編の「早春編」、第二編の「青春編」だ。

これから紹介する物語は、古い時代に生きた「月の目《つきめ》」という名の少女と、「赤耳《あかみみ》」という名の少年の生涯《しょうがい》の話、現代の我々につながる先祖たちが生きていた、およそ二千年前の古い世界の物語だ。

第一編　早春編

山《やま》くい60～70歳、赤耳《あかみみ》0～10歳

第一週　名付け親になった話

第一日　まことの名「こもりの山くい」の話

今のおまえたちは、わしが二千歳になると言っても、信じはすまい。「老いぼれのボケた頭で何の噓《うそ》話を」と、笑うのが精いっぱいだろう。

だが、生命に定まった形などはない。体《からだ》が朽ち果てても、朽ち果てた体は他の体の源となる。死ぬことが全ての終わりだとするのは、ただ人がそう決めるだけだ。わしの頭の中には、おまえたちの先祖がなして来た代々の物語があり、わしはその語りのために二千歳の寿命《じゅみょう》をさずかったのだ。わしのまことの名は「こもりの山くい」。先《ま》ずは、わし自身の物語から始めよう。

わしが生まれた時、わしの一族は山に住み、こもりの民と呼ばれていた。

「こもり」という言葉には、二つの意味がある。「木を守る」という意味の「木守《こもり》」、「山に籠《こ》もる」という意味の「籠もり」。つまり、わしらは、山やまに籠もって、木を植える植林の民だった。

その頃、この土地に生えていたのは、背の低い木や細い竹ばかりで、船や家を造る大きな木はわずかであったそうな。

今、山やまに広がる杉や楠《クスノキ》、槙《マキ》の木、檜《ヒノキ》、松などもみな、わしらの先祖が種や苗をたずさえて来たものだ。杉や楠は船の用材に、槙の木は棺桶《かんおけ》に、檜は家屋敷《いえやしき》、松は炭に必要な木であったからな。一族の

長《おさ》は「すさのしなど彦」と呼ばれ、北の「牛頭《ごず》」の地から海を渡って、わしらをこの島へ導いた。荒れた風の道をよく知る、船の匠《たくみ》だよ。わしにはもう見ることはかなわぬが、一族の故郷・牛頭は聖なる牛に守られ、夕日に輝く美しい村だったそうな……。

さて、わしらの先祖がこの土地に着いた時、そこには「よみ」の民がいた。わしらは、よみの民を「たつびと」と呼ぶ。「たつびと」とは「竜のような人」という意味だ。彼らはわしらと違って洞窟《どうくつ》に住み、竜のうろこのように光る胴を持ち、長い尾を後ろに垂らしていたからだ。それが人であり、竜のうろこのように光るのは衣服、長い尾に見えたのは竪穴から上る時の帯だとわかるまで、わしらの先祖はよみの民を恐れたそうだ。船を大波でのみこもうとした、海の海竜ではないかと思ってな。人間誰しも、自分と異なる姿かたちを「人」とは認めたくないものだ。わしも、子どもの時はよみの民を嫌っていたが、年歳《とし》をとるうちに偏見《へんけん》はなくなっていた。暮らしの知恵とはありがたいもので、「異様な姿はかたちだけ。考えること、思うことは自分たちとさほど違いがない」とわかったからだ。

ところがある時、新来の民「あま」族が西からこの土地にやって来た。それ以来、わしらと先住の民よみ族の暮らしに不幸が襲《おそ》い、争いの絶えぬ日々が訪れた。

その頃のことだ。わしは六十歳になっていたが、肩に食いこむ背籠《せかご》をゆらしながら、「竜の室《むろ》」を目ざしていた。竜の室とは、山にある洞窟《どうくつ》の一つだ。

一日じゅう照りつけていた日差しもやわらぎ、巣に帰った山バトのふくみ声が「ボウボウ」と聞こえはじめ、日はだいぶ山際にかたむいていた。春さきから山に籠もって二ヵ月、鶯《ウグイス》はもう里へ下り、カッコウが鳴きだす季節に変わっていた。むし暑い山中で、わしのあごひげは汗がしたたって、びっしょり

ぬれていた。しかしわしの気持ちは軽かった。梅雨が来る前に、苗木の植えつけを終えてしまわなくてはならなかったが、仕事はおおむね片づいて、後は雨を待つばかりだったからだ。

そこでわしは、植えつけの合間に採ったコゴミやワラビ、ゼンマイなどの山菜、山鳥の肉の塩漬けを、背を越すほども背負って里へ出て、稲種《いなだね》と交換しようと思った。わしらの山の村には稲の種がなかった。稲種を持っているのはあま族だけで、まき残した稲種を分けてくれるじいさんを知っていた。ところが山を下りかけて、ふとわしは気がついた。その夜は月が欠けて半分になる十九夜で、竜の室で市《いち》がたつ日だった。

ふつう、市は昼の間に開かれるものだが、この十九夜市はちがっていた。別名「暗がり市」とも言ってな、月のない真っ暗闇《くらやみ》に開かれ、真夜中過ぎの半月が出ると、そそくさと終わる秘密の夜市だった。何故、秘密かと言えば、そこは里のあま族に知られてはならぬ市だったからだ。

里のいわれの地にいるあま族は、わしらやよみの民とちがって王をいただいていた。王がいれば、それを守る兵士がいる。耕すことも植えることも、穴を掘ることも、道を築くこともせず、獣《けもの》や鳥を狩ることさえ鍛錬《たんれん》の技《わざ》として、人だけを狩る人狩《ひとか》りの匠たちだ。

あま族の王は、「あまの稲田王《いなだのきみ》」と言う。人狩りの匠たちは鳥を狩る猟師に化けて、早乙女《さおとめ》に化けた稲田王を、よみの民の祭の場に送りつけた。竜の室は、つい最近までよみの民の祭の場だったのだ。

竜の室とは、「大天井《だいてんじょう》」と呼ばれる山々一体の、北の端にある鍾乳洞《しょうにゅうどう》でな、その洞穴《ほらあな》の前で、稲田王は稲穂の間から剣を出し、よみの民の長・いざ波《なみ》を刺し殺した。竜の室の地底深くいざ波が葬《ほうむ》られると、よみの民はあま族の奴婢《ぬひ》とされて、大天井一帯に眠る金や銀・鉄の採掘に狩り出された。初めから、稲田王の狙《ねら》いは地底の宝であったにちがいない。竜の尾を持つよみの民が、地底の宝の在り処《あか》を知っていたことが、災いをもたらしたのだ。

稲種を持つあま族は、たいへんに頭の良い一族でな、たつびとの反乱を防ぐため、いざ波の血筋を伝える女を、北の平原のいわれの地にさらって行った。そればかりではない、多くの女・子どもを人質に取り、稲田や地底の加工場で働かせた。残された男たちに、何ができよう。命ぜられるままに、地底で宝を掘り出すしかないではないか。

けれども、どのような力を持ってしても、またどのような恐怖を持ってしても、年月の助けを阻《はば》むことは難しい。数年のうちに、あま族は地底で働くたつびとのことなど、気にもとめなくなった。地底の宝がいわれの地に運ばれるのは、もう当たり前のこととなっていたからだ。どの採掘場でも、人狩りの匠たちがたつびとを見張っていたが、加工されてまばゆく光る金や銀の美しさに惑《まど》わされて、いつしか稲田王の目をかすめることばかり考えるようになっていた。

そうしたほころびを、たつびとが見逃すはずはない。たつびとらは、あま族の知らない地下の道を通って竜の室へ行き、そこでわしらこもりの民から薬や不足する食べ物を手に入れるようになった。無論《むろん》、あま族に知られたら命がない。わしらもたつびとも、山を知らぬあま族の目をあざむくために、十九夜の闇を利用したわけだ。

だがたつびとの掘り出す地底の宝がほしいのは、何もあま族だけではない。わしらこもりの民も、たつびとから斧《おの》を手にいれていた。

あま族が採掘を命じた鉄で、たつびとはこっそり鉄の斧も作っていて、それはまことによく切れる斧だった。

あま族の人狩りの匠たちが使う鉄の刀も、手に入ることがある。あま族が人に使う刀を、わしらは獣から身を守るために使ったが、むやみに狩ることはなかった。獣は山の先住の民であり、わしらに山の秘密を教えてくれる神の使いだったからだ。

あま族は、わしらこもりの民をも支配しようとしていたが、わしらの長のすさのしなど彦さまの力を恐れていた。何故なら、あま族は新来の民で北の平原を支配してはいたが、船や家の用材を求めて山へ入ると、しなど彦さまから厳しく罰《ばっ》せられたからだ。

しなど彦さまを殺そうと、多くの人狩りの匠たちが山に入ったが、誰ひとり在り処を突きとめた者はいない。当たり前だ。わしらは山の民で、たつびとのように一つ所に住む習慣はなく、木の実り、山の恵みや鳥を追って住居を変えるのだから。

第二日　よみ族の赤ん坊の話

話を元にもどそう。暗がり市のある日だと気づいたので、あま族の村へ行く前に、わしは竜の室へ寄ることにした。

暗がり市の商いは、あま族に知られることを恐れて、人と人とが出会わない方法で売り買いする。つまりたつびとから買いたい品物がある我らは、陽のあるうちに竜の室の底に下りて、取り決めの小石を積む。斧ならば、小石で三角形を作り、刃の長さは木の枝の本数で伝える。一本の枝は長・短にかかわらず、親指と開いたひとさし指の間の長さをあらわし、枝を束ねたつるの結び目が斧の個数をあらわしているというふうに。

われわれから買いたい物のあるたつびとは、肉ならば赤い石、布ならば白い石、穀物ならば黄色い石などというふうに石をおく。石の個数が品物をいれた籠の数。そしてこの取り決めの小石をいちばん初めに見た者は誰でも、心におぼえこんで取り決めの小石をくずさなくてはならない。暗がり市の秘密がもれないようにするためだ。自分で用意できなければ、用意できる者に頼んで次の市の闇夜に必ず運ぶ。そうした取り決めの連帯は、新来のあま族に対抗するための暮らしの知恵だったのだ。

その日、わしが手に入れたいと思っていたのは、「石衣《いわぎぬ》」と呼ばれる衣服だった。たつびとが地底で掘り出した岩を焼いて宝を得る時、火を防ぐ衣服なのだ。わしらは炭焼きをするが、その時石衣はなくてはならぬもの。それをわしは新調しようと思って、この前取り決めの石を置いていた。

さて、大峰から観音峰をくだって、天川《てんかわ》と竜川《りゅうがわ》の合流点の、笠の里を見下ろす稜線《りょうせん》まで出た時、わしはふといやな予感がした。前方には大天井の峰々《みねみね》がそびえていたが、その空に黒い鳥の影がいくつも舞《ま》っていたのだ。

「鷲《ワシ》にしては、数が多すぎる。烏《カラス》にしては、高く飛びすぎる……。

鳶《トビ》? いや、……」

突然、いくつもの鳥の影が急降下を始め、山下の谷へ降りたかと見ると、赤い稲妻とどす黒い土ぼこりが立ち上がった。少し遅れて「ドーン!」という爆発音と、地鳴りが伝わる……。山下の谷には、竜の室の入り口がある。ひょっとして、爆発音は、そこから聞こえているのではないのか?

土ぼこりの中から再び舞い上がった鳥影が、夕日できらきらと輝いた。こちらへ飛んでくる……。わしは危険を感じて、とっさに稜線から後ろのしげみにころがり落ちた。

頭上すれすれに鳥影が過ぎて行く！　いや、鳥ではない！　あま族の、人狩りの匠たちが使う、空飛ぶ「鳥船《とりふね》」！

鳥船はつぎつぎに現れて、扇岳の上空から北へ去っていった。その方向には、あま族の都・さなだの宮がある。もう、戻っては来ないだろう……。

一安心すると、わしは迷った。このまま竜の室まで行って、さっきの爆発で室がどうなったか確かめるべきか、それとも「さわらぬ神に祟《たた》り無し」で、ぐずぐずしないで自分の村へ帰るべきなのか、また初めの予定どおり、知らぬ顔であま族の町へ行き、稲種を手にいれるべきか……。

結局わしは、竜の室へ行った。この時の選択を、後になってどんなに後悔したことだろう。けれども、わしは素通りできなかったのだ。何故なのだろう？　今でも、そのわけがよくわからない……。

さて、はやる気持ちをおさえて、わしは用心深く木立ちの中を進んだが、大天井の峰々の山すそをまわって、竜川の源流地・竜の室に着いた時、まだ日は暮れていなかった。

木々の間から低く射しこむ夕日の中で、竜の室の洞窟からまだ土ぼこりが立っていて、入り口はめちゃくちゃに崩されてしまっていた。

誰かが、あま族にこの場所の秘密を密告したのか？　それなら鳥船はここに降りて中を調べ、知らずにやって来る暗がり市の参加者をつかまえようとするだろう。そうしないということは……。

その時わしは、崩れた岩の間に魚の尾のようなものが突き出ていることに気づいた。いや、魚の尾にしては大きすぎる。石衣！　もしかすると、わしの頼んでおいた石衣が室の中に置かれていて、爆風で飛んできたのかもしれない……。わしは欲しい物を手に入れたいという欲心に力を得て、夢中で石や土をどけて、掘り出そうとした。

ところがそれは、石衣だけではなかった。石衣は、誰だか知らないたつびとが着ていたのだ。耳を寄せてみたが、もう息をしていない。こんな陽のある時間に、なぜ入り口近くにたつびとがいたのか？　どう考えてもわしには答えが見つからなかった。暗がり市の取り決めに、そんなことはかつてなかったことだからだ。

偶然に出入りして、入るところを見られてしまったのか？　いや、あんなにたくさんの鳥船が飛んでいたのだ。きっと、この男は、ここへ来る前から追われていたにちがいない。それなら、鳥船は去っても、この男の死を確かめに必ず他のあま族がやって来る……。

わしは怖《こわ》くなって、その場を立ち去ろうとしたが、ふと考えた。

「死んだ男に、石衣は用済みだろう。わしがもらって行っても、文句は出まい」

男の上半身を土から出してみると、男は何か大きな包みをしっかりかかえこんでいた。包みをとり除かないことには、石衣を脱がすことができない。そこでわしは、固くかかえた包みをやっとの思いで男の腕からはずし、そばへゴロンところがしたとたん、心臓が止まりそうな思いがした。包みが
「ギャー！」と大声で泣いたのだ。

もう石衣どころではなかった。包みを開くと、中に生まれたばかりの赤ん坊がいるではないか！　ま

だ目もあいていない……。その時、暮れかけた上空に鳥の羽音が響《ひび》いた。鳥船だ！　やっぱり、鳥船はもどって来て、男の死を確かめようとしている。わしは竜の室の入り口から、一目散《いちもくさん》に草むらへ逃げこみ、木立の合間をひた走った。

どれほど走ったことか、笠岳に陽《ひ》が沈むのが見え、宵闇《よいやみ》があたりをおおったのを知って、わしはほっと木の下にすわりこんだ。背籠がずっしり重くなっていた。わしは、とっさに包みごと、赤ん坊を籠に押しこんで逃げ出したのだ。何故だって？　そんなことはわかるものか。とにかく、わしは赤ん坊を連れて、竜の室を逃げ出したのだった。

わしらこもりの民は、吉野川に近い船岡山《ふなおかやま》の山中に村を置いていたが、その上空は、鳥船の飛行航路になっていた。あま族を信用させるために置いた、囮《おとり》の村だったのだ。

だが六十歳を過ぎたわしが、生まれたばかりの赤ん坊を連れてもどったら、村のうわさになるにちがいない。うわさは、いつかあま族にもれるだろう。

そんな所へもどるのは危険な気がした。そこで夜の間、わしはまっすぐに風の杜《もり》を目ざした。

第三日　こもり族の長の話

風の杜には、わしらの長・しなど彦さまがまだとどまっておられるはずだった。山々の葉が茂る夏が来るまで、風の杜を住居とするしなど彦さまに、まず報告しなくてはいけないと思ったからだ。

竜の室から北方へ、一気に柏原山《かしはらやま》を越えると、黒滝《くろたき》の上流に出る。星明かりに、青鳴《あおな》り山と赤鳴《あかな》り山が東西から迫る。その深い谷あいに、夜目にも白い霧がもうもうと立ち、激しい風が空へ昇《のぼ》っていた。雷もよく鳴る。その底が風の杜なのだ。

風の杜にしなど彦さまがいることは、あま族は勿論、こもりの民のうちでも少数の者しか知らない。乱気流と霧のために近づけない、風の神の神域だと恐れて避けるのだ。

しかしわしは、しなど彦さまから木の苗を受けて、山やまに植えつける「木魂《こだま》」の一員だった。木魂は、しなど彦さまから、こもりの民への伝令の役目も兼ねていた。

真夜中近くだったが、激しい雷鳴の鳴りわたる青鳴り山を下り、わしは深い森のしげる谷底に立った。森の入り口に小さな風の神の祠《ほこら》があるが、その祠に向かって「パン・パン」とかしわ手を二回打つと、やがて森の中から「ガラン・ガラン」と鳴子《なるこ》が鳴った。しなど彦さまがいるという合図だ。

わしはほっとして、森の中へ向かった。このあたりは地熱が高く、そのために年中暖かい上昇の風があるおかげで、木々は枯れることなく葉をしげらせていた。その谷底の森に守られて、一艘《いっそう》の木造船が置かれている。昔われらが、牛頭の地から乗ってきた船をかたどった、しなど彦さまの住まい・船宮《ふなみや》だ。

船宮へ入ろうとすると、護衛の男がわしをひき止めた。甥《おい》の「熊《くま》なり」だった。

「山くいのおじ、こんな夜更《よふ》けに何の用だ？」

「夕暮れ近く、竜の室の前でたつびとが殺されていた。空に鳥船が舞っていたから、あま族にやられたのだろう」

熊なりは苦笑した。

「おじ、われらのこもりが殺されたと言うならまだしも、よみの一族があま族に殺されるのは、珍《めずら》しくもあるまい。そんなことで、一々ここへ来るな」

「殺された男が赤ん坊を抱いていた。ほら、この子だ」

背負った籠をおろして、くるんだ布の包みを出し、わしは包みを見せた。甘い乳の香りとともに、中から赤ん坊の顔が現れると、さすがに熊なりも息をのんだ。

「いったい、この子は誰だ？　誰の子だ？」

「知るわけがなかろう。

暗がり市に行こうとして、鳥船が空からいかずちを落としているのに出会ったのだ。

鳥船が去った後、竜の室の入り口がつぶされ、たつびとが死んでいた。どこの誰とも調べる暇《ひま》などあろうか、わしとても命からがら逃げ出したのに」

「いかずち」とは、「雷」のことだ。熊なりが言った。

「逃げたのなら、何で、こんな赤ん坊を連れて来た？　たつびとが抱いていたのなら、よみの民の子にちがいあるまい。よみの民は、あま族の奴婢。奴婢の子を盗んだとして、おじも追われるぞ！」

わしは返す言葉もなかった。安全な風の杜に入って改めて考えてみると、たつびとの赤ん坊を連れて逃げた理由がわからなかった。

「悪いことは言わぬ。夜が明けぬうちに、その子を元の所へ返すほうがよい」

甥の熊なりからそう言われて、わしは心がゆれた。何と考えのないことをしてしまったことか……。

わしは包みを床《ゆか》へ下ろした。その時、赤ん坊が目を開けて、見えぬ目を左右に動かした。「あう・う……」と、きげんのよい声ももらした。子を持ったことのないわしだったが、ふと包みから赤ん坊を抱き上げた。こもりの赤ん坊より大分大きい。広い額と大きな鼻……。両耳に赤いあざがある。

わしは、思わずつぶやいた。

「赤耳……」

すると、奥の扉《とびら》が開いて声がした。

「名をつけたからには、おまえは名付け親。一生、その子を保護してやらずばなるまい」

ふり向くと、そこにわれらの長・しなど彦さまが立っておられた。

われらの長・しなど彦さまは、遠い昔にわしらの先祖をこの地に導いた、船の匠であったから、ゆうに二百歳を超えているはずだったが、見たところ、六十代のわしと同年のようにしか見えなかった。あま族を相手に荒々しく戦い、風のように忽然《こつぜん》と去って行くものだから、「荒れすさぶ風のようなこもりの長だ」と恐れて、あま族は「すさのしなど彦」の名をつけている。しなど彦さまが大変な長命と若さを保っていることも恐れていて、物《もの》の怪《け》か何かと思っているようだったが、しなど彦さまに劣《おと》らず、わしらはみな長命だった。だが、わしから言わせれば、わしらが長命なのではなくて、あま族が短命すぎるのだ。元来、人間は百五十歳の寿命を授かっている生き物だ。老いは、いつしか訪れるものだが、過《か》剰《じょう》な欲心を持たなければ、老化は遅くなるもの。それを、王をいただくあま族は、自分の富や地位を保とうとする欲心で、老化を早めているにすぎない。しなど彦さまは、木々を荒らすあま族を厳しく罰しはするが、あま族を奴婢にしようとしているわけではないのだ。

しなど彦さまは、わしの抱いている赤ん坊の顔を見ると、こう言われた。

「赤ん坊を包んでいた布は、たつびとや我らが着るしづ布か？」

わしはあわてて、包みを拾い上げた。いや、違う！　絹だ！　驚《おどろ》いたことに、あま族が織る錦の布だった。そしてその錦の包みは、石を縫《ぬ》いつけた帯で縛られていた。

しなど彦さまは石を縫いつけた帯を眺め、再び赤ん坊の顔を見て、また言われた。

「おまえが名付けた、この赤耳は、やがてこの島に一つの国を築くだろう」

かたわらで聞いていた、甥の熊なりがたずねた。

「国とは、どういうものでございましょう？　あま族のやからが言うような、王をいただく村のことでしょうか？」

「一つの民が王をいただくのではない。いくつもの異なる民の村が集まって、王をいただくのが国じゃ」

わしは驚いて、思わず口走った。

「こもりも、あま族も、よみの民もですか？」

第四日　こもりの赤耳の話

しなど彦さまがゆっくりとうなずかれたので、熊なりも口走った。

「いちばん古くからこの島にいたよみの民を奴婢にして、わしらこもりの森をも狙うあま族の輩《やから》は、自分の民だけで国を作ろうとしているのではないですか！」

しなど彦さまは長いひげの陰で少し笑われ、それから厳しい目でわしらをご覧なされた。

「山くいよ、熊なりよ、われらこもりは、永い年月を見る目を失ってはならぬ。

あま族が、如何《いか》に己《おの》が民を愛《め》でようとも、よみの民が如何に苦しもうとも、そしてこもりが如何に森に隠《かく》れようとも、時が移ればすべては変わるのだ。

あま族は己が民を失い、よみの民は自由を得、こもりは森から出る。

月を読む子が、天照《あまて》らす子になるからじゃ……」

そう言われると、しなど彦さまは床の上の石の帯を取り上げ、じっとご覧になった。

「月を読む子」とは誰だ？　死んだたつびとが抱いていた、この赤ん坊「赤耳」か？

その子が「月を読む」とは、どういう意味なのかがわからないし、「天照らす」という意味もわからない……。

しかし、しなど彦さまは、未来に起こる何かを悟っておられる。「ひょっとして、わしの拾った赤耳が、誰の子であるかも知っておられるのではないか」と疑ったが、わしはたずねなかった。赤耳が誰の子なのかわかったとしても、抱いていたたつびとは死んでしまった。

起こってしまった出来事《できごと》を、元にもどす術《すべ》があるのだろうか？

熊なりが、わしに言った。

「しなど彦さまが言われたように、名付け親として、おじはこの子を保護してやらねばなるまいが、あま族の目をごまかすには、適当な生みの親がいるだろう。わしの子として村へ連れて帰ろう」

「おまえの家族に迷惑が及ぶかもしれぬぞ。よいのか？」

「未熟なわしには、しなど彦さまのお言葉がにわかには信じられぬが、この子は大切な子のようだ。子どもが多いのは嫌いではないし、わしの連れ合いも口の固い女だ」

こうして赤耳は、こもりの村で熊なりの子として育ち、十歳になった。

他のこもりの子に比べて、少し大柄に見えるのは、たつびとの血を受けついでいるからだろうか。大きくなるにつれて、両耳のあざは小さくなっていたが、それでも赤耳は耳のことでよくからかわれていた。

だからひとりでは遊びに出ず、十三歳の兄・犬《いぬ》おいや十二歳の姉・猿子《ましこ》の後について歩いた。

犬おいとか、猿子とか、おまえたちには聞きなれない名前ではあろうが、わしらこもりの民は、生まれた子を背負って山しごとをする。その時初めて出会った山の生き物を、子どもの守り手に決めてその名前とするのだ。

犬おいは五歳で山犬に会い、山犬を口笛ひとつで操る技《わざ》をおぼえた。猿子は三歳で猿《ましら》に会い、木から木へとわたる技を学んだ。獣たちはわしらの先住の生き物であり、山の精霊の使いであって、わしらは精霊から生きる術を学ぶのだ。

山の精霊から育てられるこもりの子どもは、あま族と違って相対的に独立心が強く、群れては遊ばず、小人数で活発に山あそびをする。兄も姉もてんでに、木の実や蜂の子を採ったり、鳥を取るわなをしかけたり、甘い樹液の木をさがしたり、おとなのまねをして山の技で遊ぶが、赤耳は兄たちから教わっても覚えが悪かった。

赤耳はよく迷子になり、兄と姉のふたりは赤耳を置いてきぼりにすることがあったが、母の猪《い》の子《こ》が二人を叱《しか》って、こう言った。

「赤耳は、まだ山の精霊に出会っていないから、山遊びをおぼえられないだけなんだ。出会うまでは、

おまえたちの精霊《せいれい》の力を借りて守っておやり」

兄と姉でない他のこどもたちが赤耳をからかうのは、耳の赤あざ以上に、十歳になっても山の精霊に出会わない赤耳をばかにしていたのだ。山の精霊に守られていないこと……。こもりの子として生きるためには、それは致命的な不幸だった。

その不幸が赤耳を襲《おそ》った日、わしは熊なりとともに山しごとに出ていた。だからこれから話す出来事は、夕方村にもどってから、村人から聞いた話だ。

その日陽が高くなった頃、いつものように北の平原から鳥船が飛んで来た。鳥船が、上空を飛ぶことは珍しくない。南の大天井一帯に口を開けたいくつかの鉱山へ、あま族の人狩りの匠たちが行くのだ。

村の年寄りや子どもたちが手をかざして眺めていると、吉野川の川岸に近づいた鳥船からばらばらと稲穂がばらまかれた。びっしり実った稲穂を見て手に入れようと、子どもたちは河原に駆《か》けて行き、きゃあきゃあ騒《さわ》ぎながら拾ったのだという。ところがその時、もどって来た鳥船からかずら網《あみ》が投げ下ろされ、子どもたちをからめて空へ引き上げた。

その騒ぎの中に、犬おいと猿子と赤耳がいた。他の子どもと一緒に、犬おいは一度網にかかって引き上げられたが、網を逃れた猿子が外からよじ登って石刀《いしがたな》で網目を切ったので下へ落ちた。だが、あとで村人が調べてみると、四人の子どもがいなくなっていた。四人とも鳥船に連れていかれたのか、それとも川へ落ちたのか、誰も大人ははっきり見ていなかった。四人のうち三人は親がなく、村の納屋や門番小屋で寝泊まりしていた子どもたち、そして四人目が赤耳だった。

屈服《くっぷく》しないこもりの民を脅《おど》すために、あま族は時折子どもを誘拐《ゆうかい》する。村では大騒ぎになっていたが、いなくなったのが自分たちの子ではないとわかると、騒ぎはすぐに収まってしまう。親のない三人を探そうという声も出ないし、熊なりに同情する者はいても、赤耳を探すのは親の熊なりと名付け親のわししかいなかったのだ。

わしは「ひとりで探す」と熊なりに言ったが、熊なりも妻の猪の子も承知しなかった。自分の子は、自分で探すと言い張ったのだ。犬おいと猿子も、自分たちが赤耳を守れなかったことに責任を感じていて、わしらを案内して、夕暮れの河原へ向かった。

犬おいの記憶では、かずら網にからめられた時赤耳はすぐそばにいて、自分が落ちた時一緒に落ちたはずなのだと言う。

石刀で切ったためにかずら網は底が抜けて、みんな落ちたはずだと猿子も言う。

「水しぶきがあがったから、川に落ちたかもしれない。

赤耳はまだ泳げないはずだから……」

そう猿子が言うので、松明《たいまつ》を灯して川岸をくまなくさがしたが、それらしい亡《な》き骸《がら》も見えなかった。

熊なりが言った。

「深みに落ちておぼれたとしたら、上がるまで何日かかかるだろう……」

すると猪の子が言った。

「まだ山の精霊が守り手になっていなかったからと言って、あの子がそんなに簡単に死ぬはずがない！

みんなにはわからないかもしれないが、あの子を赤ん坊の時から抱いて育てた私にはわかる。赤耳は名付け親の山くいの精霊に守られて、きっと生きているわ！」

第五日　長老鷲《ちょうろうわし》の話

わしはふと思い出した。わしに「山《やま》くい」という名がついたいわれを……。わしも十歳まで山の精霊に出会わなかったのだ。だが十一歳になるほんの少し前、何かに魅入《みい》られたように崖《がけ》から落ちて岩棚に引っかかり、大蛇《おろち》に出会った。

大蛇はわしを飲みこもうともせずゆっくりと崖をはい登り、わしはその大蛇につかまって岩棚から崖をよじ登ったのだ。その話を聞いて、父はわしに「山くい」という名をつけた。「山くい」とは、山を食うほども大きい大蛇のことだ。

そしてわしも信じた、きっと赤耳は生きていると。生きているのに姿が見えないということは、下流に流されているのだろう。下流は紀ノ川との合流点。かもの一族の住む村だ。わしは、熊なりに言った。

「おまえはこの村をまとめる長だ。村のしごとをおろそかにはできん。明日夜明けとともに、わしが川沿いに下って赤耳を探そう」

熊なりがうなずいた。

「おじ、たとえ亡き骸になっていたとしても、この手で葬《ほうむ》ってやりたいから、必ず連れて帰ってくれ」

熊なりは、幼い赤耳が生きているとは思えなかったのだろう。

あくる朝まだ暗いうちに村を出て、吉野川の河原と崖ぞいに歩き、わしは赤耳の行方《ゆくえ》をさがした。めぼしい成果は上がらず、とうとう里のかも族の領地との境まで来てしまった。あと少し行けば、こもりがかも族と交易をする山門《やまと》の市《いち》がある。山門の市は三つの川の合流点にある。そこより先に流されてしまったとすると、もう生きてはいないかもしれない……。

その時、白みかけた河原の一隅《ひとすみ》に、わしは焚《た》き火の薄《うす》けむりを見つけた。近づくと猿子くらいの年齢の子どもが三人、消えかけた火のまわりで熟睡《じゅくすい》しているのだ。ひとりの顔を確かめると、こもりのさざき！　赤耳とともに行方のわからなかった親無しっ子だ。わしは急いでさざきをゆり起こした。

「おい、おまえたちは、鳥船にさらわれたのではなかったのか？」

さざきと一緒に、他の子どもたちも目をさまして睡《ねむ》そうにあくびをした。さざきの手下のようにつき従っている、これも親無しっ子のとびとからすだった。

頭がはっきりして、ゆり起こしたのが長老のわしだとわかると、三人は小さくなって、しきりに弁解しはじめた。とびが言った。

「さざきの兄《あに》いが、赤耳を引っ張って飛ぼうとしたんだけど、赤耳がこわがって網をはなさなかったんだ……」

からすも言った。

「川に落ちてから、おれらは、網につかまってぶらぶらしている赤耳に、飛べ、飛べ！　って、何度も叫《さけ》んだんだ……」

わしはため息をついた。

「赤耳は、そのまま、鳥船に連れて行かれたんだな？」

するとさざきが口ごもってつぶやいた。

「いや、鳥船に連れて行かれたわけではないよ……」

「では、飛び降りたのか？」

わしがたずねると三人は顔を見合わせ、さざきが代表して答えた。

「赤耳がこわがって、手を放せないでいるうちに、見たこともないような大鷲《オオワシ》がさらって行った……。東の山の中に消えて行ったんだ」

とびとからすが口々に言った。

「そうだ、あんなにでかい鳥は、初めてだ！」

「それに、雪みたいに白かった！」

年を経た大鷲は羽が白くなるのだ。子どもたちの話を聞いて、わしはすぐにつぶやいた。

「風呂《ふろ》の大《おお》たまりの、長老鷲《ちょうろうわし》にさらわれたのか……」

「風呂の大たまり」とは、東の山中にある湖のことだ。さざきが言った。

「あれが長老鷲か……。では、赤耳はもう食われてしまったのか？」

わしは季節を思いめぐらした。大鷲類は五月に産卵し真夏に巣立ちさせる。その間自分では食べず、獲物《えもの》を巣の中の幼鳥に運ぶ。十歳にもなる人間の子どもをさらうからには、巣にはまだ食べ盛りの幼鳥が二羽元気で残っているにちがいない。赤耳が獰猛《どうもう》な二羽の幼鳥から無事でいられるだろうか？　わしは、すぐさま東の「鳥のねぐら山」を目ざすことにした。その下に風呂の大たまりがあるからだ。

後ろから、さざきが大声で呼んだ。

「山くいのおじ！　道しるべをつけておいてくれ！

俺《おれ》らも後からついていく！」

急ぎに急いで、正午前わしは鳥のねぐら山の峠《とうげ》に出た。見下ろすと風呂の大たまりの水面が光っている。長老鷲は、この山間《やまあい》の南の岩場に巣をかけているが、在り処は数箇所《すうかしょ》あって、数年に一度巣をかえる。昨年かまえていた巣は湖に近くて秋の大雨で崩れたと、仲間に聞いた。

あとの巣の在り処を思い出せるだろうかと考えこんでいると、いきなり頭上から「バサバサ」と音がして、何かが落ちてきた。

何と、鷲の幼鳥だ。しかも口ばしが黄色く尾が白い。大鷲の子！　長老鷲の子だ！

長老鷲の子は、途中のブナの木の枝にかろうじてつかまって、何とか飛び立とうとしたが、すぐにまた下まで落ちてしまって、とうとう藪《やぶ》の中にうずくまった。どこか、翼を傷めているのだろうが、まだ巣立ちには早い……。幼鳥だ。

見上げると、峠のブナ林のこずえの上に岩壁がせり出していて、そこに大きな巣が見える。下からではよくわからないが、何か動くものがあって、親の長老鷲の姿はない。

鷲は通常二羽子どもを生み、成長にしたがって強いほうが弱いほうを巣から蹴落とすから、もう一羽子鷲が残っているのだろう。

その時、空がかげって長老鷲が悠然と姿を見せた。わしはみつからないように林に隠れたが、落ちた幼鳥が藪で「ピルル・ピルル」と鳴きたてるにもかかわらず、長老鷲は見向きもせず、巣の中の動くものに魚を与え、また飛び立った。わしはしばらく林の中で長老鷲の様子をうかがっていた。

五日間、老人Ｙはかずきを相手に物語を続け、かずきはその内容を看護日誌に記録した。

老人Ｙの話は、この日本の島にいたのだという、遥か古代の人々の物語のようだ。その人々は、よみ族とこもり族、そして後から来たというあま族。その世界で、老人Ｙはこもりの山くいという名で呼ばれ、山々に木々の苗を植える仕事をしていた。ある日、山くいはよみ族の赤ん坊を助けて、「赤耳」という名をつけた。成長した赤耳はあま族にさらわれ、赤耳を探していた山くいは、こもり族の親無しっ子三人組に出会ったのだ。三人組から、「赤耳は、あま族ではなく長老鷲にさらわれた」と聞いた山くいは、湖・風呂の大たまりへ行き、長老鷲の巣を見つけた。

【看護日誌──老人Ｙの話　第一週あらすじ】

＊＊＊＊＊＊＊＊＊＊＊＊＊＊＊＊＊＊＊＊＊＊＊＊＊

この話をした後、明くる土曜・日曜と老人Ｙが目を覚まさないので、医師が呼ばれた。だが、「ただ眠っているだけで異常はない」とのことだった。診断《しんだん》通り、月曜の朝に老人Ｙは目を覚まして朝食を食べ、かずきを相手に、再び物語の続きを話し始めた。

第二週　赤耳が精霊《せいれい》に出会った話　山くい70〜73歳、赤耳10〜13歳

第六日　親無しっ子三人組の話

どれだけそこにいただろうか？　そのうち、わしはふと気がついた。長老鷲は驚くほど何度も巣の幼鳥に餌《えさ》を運ぶ。二羽のうち一羽は下に落ちているというのに、いったい、どれだけ大きい幼鳥がいるというのだ？　いや、これはもう、大鷲の子の食べる餌の量を超えている。

そうだ！　鷲の子だけではないのだ！　他にも大鷲の運ぶ餌を食べている者がいる。人間の子・赤耳がまだ生きているのではないのか？

だが巣の位置は、とても登れる高さではなかったから、わしの推測を確かめるすべがない……。考えこんでいる時に、やっと親無しっ子三人組が追いついた。

わしの考えを話すと、さざきが言った。

「山くいのおじ、もしそうなら、長老鷲は赤耳に困って、大きな獲物を取ろうとするだろう。おいらが藤づるを持って木のてっぺんに登り、長老鷲を誘《さそ》ったら巣へさらうのではないか？

巣の中に赤耳がいたら、藤づるにくくりつけて木まで下ろす。いなければ、巣の上の木につるをかけてもどってくるよ」

他に巣に至る方法もなかったので、わしとさざきたちはあたりから藤づるをできるだけ多く集め、て

いねいにねじって長い綱《つな》を作った。長老鷲が巣で翼を休め、夕方前に餌を集める頃を見計らって、わしとさざきがブナの大木に登った。大木の下で、さざきと同じ親無しっ子のとびとからすは、落ちている幼鳥を入れる背籠を編んでいた。

いざ木のてっぺんに登ってみると、巣は編んだ藤づるの綱の長さがこころもとないほどの高さだった。だがわしの心配をよそに、さざきはてっぺんの葉陰から上半身を乗り出して、大声で「ピーピー」と口笛を吹いた。長老鷲が警戒《けいかい》してすぐに白い羽を逆立て、巣から音のするほうを見下ろした。するとさざきは手をばたばたさせ、弱った鳥のしぐさをまねて、うるさい葉ずれの音をたてた。

幼鳥たちの、あきることのない食欲に疲れていた大鷲は、その誘惑に負けて翼を広げ、まんまとさざきを襲った。さらわれたさざきの後ろに長い藤づるが垂れる……。みるみるうちに解かれていく藤づるの束を、わしはひやひやしながらおさえていた。ああ、もう、足らないかもしれない！　だが、やっと束の動きが止まった。何とか足りたのだ。

巣から、さざきの声が聞こえた。

「いたよ！　赤耳は無事だ！」

だが、巣の周辺では大騒ぎが起きていた。さざきが藤づるをふりまわしたので、翼にからむことをいやがった長老鷲は巣から舞い立ったものの、残った幼鳥を救おうと、何度もさざきを襲っていたのだ。

長老鷲にはすまないことだったが、わしは大声で叫んだ。

「残りの子鷲を巣から落とせ！」

少し間があって、巣から幼鳥が放り出されたが、赤耳の着ていた着物にくくりつけられていた。幼鳥はばたばたと翼を動かして落ちていったが、傘《かさ》のように広がった着物がひっかかってどこかの枝にぶらさがり、空中で「ピルル・ピルル」と鳴いた。鳴き声を追って長老鷲が巣から離れると、藤づるは巣の真上に張り出した松の枝にくくりつけられた。

赤耳が藤づるにつかまった。すくんで巣から下りられない赤耳を気づかって、さざきが「下を見ないで、頭の上の俺《おれ》の尻と足だけを見て手足を動かし、藤づるを下りろ」と言いきかせたのだ。

こもりの子としては不器用な赤耳だったが、今度ばかりはその言いつけをしっかり守った。ぶなの木のこずえで待ちかまえていたわしを見ると、赤耳は笑って、それから言った。

「じいちゃん、白い大鷲が、おいらを助けてくれたんだ。それなのに、おいらは鷲の子を二羽とも落としてしまった……」

「さっき、わしが落とせという前にもか？」

「うん、ゆうべ、おいらが巣に運ばれた時は、二羽いたんだ。でも、朝になると大きいほうの子鷲がおれをつついて、もう一羽の小さいほうも蹴落とそうとするから、おいらが逆に突き落としてやったんだ。小さいほうは餌が食べられなくて弱っていたから、おいらが一緒に食べさせてやっていた……」

さざきが下りてきて言った。

「だいじょうぶだよ。おまえが作ってやった着物の傘のおかげで、無事にとなりの木にひっかかっているから、おいらが巣にもどしてやるよ」

さざきが言い終わらないうちに、手下のとびが着物の傘のついた幼鳥を抱いて、木を登ってきた。さざきは幼鳥を受け取ると、するすると藤づるを登って巣にもどし、またするすると下りてきた。藤づるの垂れた巣に、長老鷲がもどるかどうかは、よくわからなかった。もどらなければ、幼鳥は餓死《がし》する。しかし二羽生まれる大鷲の弱いほうの鳥は、こうした事件がなくても、巣から落とされて死ぬ運命なのだ。わしは赤耳に言った。

「もし、あの子鷲が強く生き延びるならば、おまえも強くなるだろう。おまえは十歳で、山の精霊・長老鷲にめぐり会ったのだから、もう何も恐れることはない」

ブナの大木から降りたさざきは、できあがった背籠に、先に落ちた長老鷲の子を入れた。傷は負っていたが、翼が折れているわけではなかったので育てるというのだ。十二歳程度の幼い子どもが、大鷲の幼鳥を育てられるわけはないと思ったが、さざきたちには親がなく、誰も染めようとしない白い生成《きな》りの布のようであった。少し早いのかもしれないが、自分で自分を染めなくてはならない。わしは鳥飼いの匠がかもの里にいることを教えてやった。わしの

幼なじみで、「くえ彦《びこ》」という。

鳥飼いとは、鷹や鴨《カモ》など様々な鳥を飼う仕事のことだ。かもの里に住む一族は、もともとこもりの民ではあったが、山のくらしを捨ててあま族に服従したのだ。親無しっ子三人組のさざきは、とびとからすを連れて、くえ彦のもとへ旅立った。

第七日　かも族の若君の話

それから三年の歳月《さいげつ》は瞬《また》く間のことだった。長老鷲という山の精霊に出会った赤耳は、それ以来「鷲の赤耳」と呼ばれて、もう馬鹿にされることはなかった。長老鷲にさらわれてからというもの、まるで生まれ変わったように活発になって、山遊びの達人になっていたからだ。それにつれて背も伸び、姉の猿子や兄の犬おいをしのいでいた。

これから先の話は、後日わしが赤耳から聞いた話だ。そんなある日赤耳は、ひとりで山へ遊びに出た。

兄の犬おいはもう立派な若者で、父の熊なりの供をして山仕事に出ており、姉の猿子は葛《クズ》のつるから糸をとる仕事を手伝っていて、母の猪の子や他の娘たちと山に入っていた。ところがわしは、赤耳に木魂《こだま》の仕事をさせようと考えていた。木魂の仕事のうち、木の植え付けはさほど修練のいる作業ではないが、どのような条件の時期と場所を選ぶかということは、歩いて覚えるしかない重要な作業だったから、木魂の仕事は習うのではなく、まず第一に山をすみずみまで知ることから始まる。山遊びから始まるのだ。

赤耳はあちこち遊んでいるうちに、山門の市よりだいぶ西に下りてきたことに気がついた。山門の市は、こもりとかも族の居住地の境界だ。赤耳はかも族の土地に踏みこんだことがなかった。吉野川は山門の市の先で紀ノ川となり、そこへこせ川が流れこんでいて、その合流点の両岸の湿地《しっち》には、見渡すかぎりの青稲《あおいね》がみごとに植えられている。青稲は湿地の水たまりにかぶさるように繁茂《はんも》していて、水面を渡る川風にさらさらと涼しげな葉ずれの音をたてている。その青稲の向こうの丘にはたくさんの家が並んでいるが、こもりの村とはちがって皆大きく、金色の稲わらの屋根をふき、陽に輝くようだ。しかも村のまわりは、たくさんのとがった木の柵《さく》でぐるりと囲まれていた。

初めて見る里の村のようすに赤耳が見とれていると、急に空がかげって「ガーガー！」と鳥の鳴き声がし、頭上に鴨の群が現れた。数十羽もの大群だ！　その鴨の大群がいっせいに舞い降りて、青稲の間の水たまりに浮かんだ、と見ると、鴨の群れの中央に何かがある。大きな籠ではないか！　いや、籠ではない、翼がある。あれは……？

赤耳は、とっさに思い浮かべた。こもりの村で子どもたちをさらおうとした、あの恐ろしい空飛ぶ鳥船に似ている……。小さいが、これも同じ空を飛ぶ船なのだ。

空を飛ぶ船には赤耳と同じくらいの年齢の少年が乗っている。少年は髪を頭のてっぺんで二つに分け、耳元で束ねて紐《ひも》で結んでいた。

「あま族だ！……」

赤耳はとっさに青稲の中に隠《かく》れようとしたが、もう遅かった。空飛ぶ船の中の少年が赤耳を見とがめて、船から飛び降り大声でどなったのだ。

「おまえ、どこの村の者だ？　見慣れない顔だな！」

飛び降りた少年は、鴨の羽根で作った衣裳《いしょう》を身に着けていた。それで赤耳は、以前わしが話したことのある、かも族のことを思い出した。もともとこもりの一員だったかも族は、山の池や湖で鴨をとる仕事に長《た》けていたが、先祖の長・磐船《いわふね》が亡くなった後、どういういきさつか、あま族のあまの稲田王《いなだのきみ》に仕えるようになった。そのため風俗《ふうぞく》はあま族にならっていたものの、今でも皆鴨の羽根のマントをかけているのだ。赤耳は用心しながら答えた。

「俺は、船岡山の木種《こだね》の村から来た」

かも族の少年は、見下《みくだ》すように言った。

「こもりの者が、何の用で山から降りてきたのだ？」

「遊んでいて、うっかり遠出をした」と言いたかったが、少年の威丈高《いたけだか》な物言いにむっとした赤耳は、答えをためらった。少年はいっそう疑心を大きくして、胸にかけていた小さな呼子《よびこ》を吹いた。ハッとする間もなく「ぴー！」と水辺を切るような鋭《するど》い音が響きわたり、とつぜん丘の方から屈強《くっきょう》な若者が三人駆け下りて来た。見る間に近づいて赤耳を取り囲む。皆髪を後ろに束ね、褐色《かっしょく》の袖《そで》なしを着ている奴婢たちだ。水から上がったかも族の少年が、三人に言った。

「こいつは木種の村から来たと言っているが、こもりの者かどうか怪しいやつだ。おまえたちはこいつに見覚えがあるか？」

若者のうちの二人は首を横にふったが、一人がふと赤耳の耳を見てたずねた。

「おまえのその耳は、何でそんなに赤いのだ？」

赤耳はむっとして答えた。

「耳の色が赤いのは、生まれつきだ。それがどうしたと言うんだ？」

すると、三人の若者が急に笑いだした。

「なーんだ！　赤耳じゃないか！

長老鷲にさらわれて、俺たちが巣からおろしてやった、こもりの赤耳！」

赤耳が呆然《ぼうぜん》としていると、三人は口々に言った。

「俺たちだよ！　かもの村で鳥飼いを習えと山くいのおじに言われて、くえ彦おじのところへ行った、さざきととび、からすさ！　会いに来てくれたんだな！」

さざきの幼なじみだとわかると、かも族の少年の表情が和らいだ。さざきは赤耳を急いでしゃがませて、小声で伝えた。

「こちらは、かも族の長・かもの高角《たかつの》さまの若君・鴨わたりの鳥取《ととり》さまだ」

「鴨わたり？……」

赤耳が思わず聞きかえすと、かも族の少年、いや、鴨わたりの鳥取が大声で答えた。

「そうだ、おまえも今見ていただろう？　俺が鴨を操って鳥船をかくす技を！　あれは俺が考え出した鴨わたりだ」

鳥船をさざきに任せて、鴨わたりの鳥取が村のほうへ去っていくと、さざきたちは手際よく船から鴨たちを引き離した。見ると鴨の足の付け根に足輪がかけられていて、その足輪は、鳥船の周囲に張られた細綱に結びつけられているのだ。鴨がばらばらに散らばらないように、さざきたちは数羽ずつ群れに分けて足輪をひもでつなぎながら、再び水辺に放した。慣れているとみえて、鴨たちはそうした不自由な姿でも、水にもぐり昆虫や小魚を追っている。仕事を終えると、さざきが言った。

「俺たちのねぐらへ来い。あの時巣から落ちた長老鷲の子がもう立派な大人になっているぞ。俺が育てたんだ」

第八日　山田のくえ彦の話

さて、そんなことなどつゆ知らず、わしはその日の夕暮れ前、熊なりの作業小屋に立ち寄って、山の様子を話していた。すると外の櫟《クヌギ》の木の枝で「でで・ぽう、でで・でで……」と鳴いていた山鳩が急に鳴きやんで、「ばたばた」と逃げる音がした。

耳をすますと、「ぴーろ・ぴろ……」と鷹の鳴く声がする。

外へ出ると、真っ黒な鷹が枝にとまっているのが見えた。かもの里にいるくえ彦の飼い鷹・ぬえ羽《は》だ。

足にわらが一本結んである。わらには結び目がついており、それはこもりにしかわからない知らせ文《ぶみ》だった。

「赤耳はわしの家にいる。明日たずねたいことがあるので、かもの里へ来い」

その知らせ文を読んで、わしはふといやな予感がした。赤耳がくえ彦の家にいる理由を知るよしもなかったが、それより何より、赤耳が何ものかにひき寄せられているような、漠然《ばくぜん》とした不安がわしを襲ったのだ。

あくる朝まだ暗いうちに、わしはくえ彦の家にもぐりこんだ。

家とは言っても他のかも族とは異なり、集落から外れた紀ノ川の川岸の、青稲のそばに建っている掘っ立て小屋だ。

くえ彦はひとり、山の中の稲田に住んでいたのだ。

そのため、今では山田のくえ彦と呼ばれていた。わしが来るのを待ちかねていたように、山田のくえ彦はからだを起こして、小声で言った。

「おまえは、熊なりの末っ子の名付け親だそうだな？　なぜ、赤耳と名付けた？」

「理由などない。生まれた時、耳が赤かったからだ。」

「あれは、熊なりの子ではなかろう？」

わしは山田のくえ彦の目を見て、嘘《うそ》がつけないことを悟《さと》った。山田のくえ彦はただの鳥飼いではなかった。かも族の長・かもの高角の配下として、さまざまな情報を集める「隠忍《おに》」だったからだ。わしは言った。

「だが、わしはあれが誰の子か、知らぬ……」

山田のくえ彦は、ぼそりと言った。

「耳の赤い男を、わしは昔見たことがある。よみの一族が暮らしていた火《ひ》むろの地でな。しかも、よみのたつびとたちは耳の赤いその男に従って、火むろの火を熾《おこ》し、石から鉄や金・銀・銅を取り出していた……」

「おまえは、赤耳がその男の血筋だと言うつもりか?」

「いや、それはわからん。耳が赤い者は、他にもいるかもしれん。だが、もしその男の血筋ならば、赤耳はあま族に命を狙われるぞ。生きていてはならぬ子どもだからだ」

わしは、山田のくえ彦の目を探るように見た。

「おまえは、高角さまに知らせるつもりか?」

山田のくえ彦は考えこむようにつぶやいた。

「わしが知らせるまでもなく、若君鳥取さまが、もう赤耳に出会ってしまっている。高角さまが知るのは時間の問題だろう。だが耳の赤い少年が、こもりの山のどこかで行方知れずになってしまえば、誰も追うことはできない話だ……」

その言葉を聞いて、わしは眠っていた赤耳をすぐに起こし、まだ暗い朝もやの中をこもりの山へ帰った。

赤耳は木種の村へ帰ろうとしたが、わしはそれを止めて言った。

「おまえは、これからいよいよ木魂のしごとをおぼえなくてはならぬ。しばらく村へ帰ってはならぬぞ。わしと暮らすことになるが、他の誰にも姿を見られてはならぬ」

赤耳は一瞬《いっしゅん》不満そうにしたが、すぐにうなずいた。

「わかった。父さんや母さん、犬おい、猿子にも、見られてはいけないのだな?」

こもりの村の教育で、赤耳はひとりになることも家に帰れないこともいやがりはしなかったが、それ以上に、わしの様子がいつもとは異なること、しかも自分自身に危険が迫っていることを、うっすらと感じていたのだった。その鋭《するど》い勘《かん》は、おそらく赤耳の血のなせるわざだったろう。わしはその日から、熊なりとも連絡を絶った。

後でわかったことだが、「隠忍」である山田のくえ彦は、わしらがこもりの山に姿を消した数日後、長の高角に呼ばれた。

高角は、山田のくえ彦からわしが赤耳を連れ去った話を聞き出すと、配下の者に鳥船を出させ、二機が村の後方にある鴨わたり山から飛び立った。

その影を見上げながら、山田のくえ彦はさざきととび、からすに言った。

「山くいのおじが追われている。おじの行方を探し、わしに知らせをよこせ。助ける方法を考えよう……」

さざきは、仲間のとびとからすを連れてこもりの山へ入った。とびがたずねた。

「なぜ、山くいのおじはかもの一族から追われるのだ？　元は同じこもりの者なのに」

からすも、わしに味方して言った。

「くえ彦おじもおじじゃ。山くいのおじを心配するくらいなら、高角さまに黙《だま》っておればよいのじゃ」

ところがさざきは、こう言った。

「高角さまが追っておられるのは、山くいのおじではないようだ。赤耳がくえ彦おじの家に泊まった翌朝、暗いうちに山くいのおじが来て、くえ彦おじと話すのを、俺は聞いてしもうた。本当は赤耳を追っておられるのじゃ……」

とびとからすが怪訝《けげん》そうな顔をしたが、さざきはそれ以上聞いたことを口にしなかった。赤耳がよみのたつびとであるという疑いは、危険な疑いだということを知っていたからだ。

あま族との絶え間ない小競《こぜ》り合いのために、孤児《みなしご》にされたさざきは、かも族の鳥飼いとなってはいたが、あま族に従っているかも族を好きにはなれず、くえ彦にもうっすらと不信感を持っていたのだ。

第九日　よみ族とこもり族の取り決めの話

さて山田のくえ彦の家から抜け出すと、赤耳を連れて、わしはしなど彦さまの夏宮を目指した。夏が近いこの季節、わしらの長・しなど彦さまは南の琵琶《びわ》の大滝に住処《すみか》を移しておられた。追っ手がついて来ていないか調べるために、わしは一度風の杜に下りて食事と仮眠をした後、深夜に四寸岩《よんすんいわ》の下を廻《まわ》り道したのだ。

琵琶の大滝は大天井の山々の東にあって、深い渓谷《けいこく》と森にさえぎられ、木魂の者だけがその道を知る大滝だ。道はどんどん上っていき、岩はだに張りつかなければ歩けないほど細くなる。明け方近く、ふいに轟音《ごうおん》が聞こえ白い水霧《すいむ》が迫ってきた。姿は見えないが、大滝に近づいたのだ。

からだをゆすぶられる恐ろしい音と水霧で、細い杣道《そまみち》を見失う。見失えば、まっさかさまに大滝への転落だ。

足がすくんで歩けなくなる赤耳の耳元で、わしはどなった。

「足元の道だけを見よ。道の苔《コケ》が、光を出しているであろう？」

わしの言葉を必死に守って、赤耳はわしの後をついてきた。二人とも泳いででもいるかのようにび

しょぬれで、息をするのも苦しい。

やがて乾いた空気が鼻先に届いたかと思うと水霧はふと晴れて、わしらは洞窟に入りこんだ。大滝の裏側には自然のトンネルがあるのだ。

苔の光でうっすらと見える洞窟の奥には、木の根がたくさん下りてきていて、湿地を好むかずらの仲間がびっしりと垂れている。わしはそのかずらに手をあてながら岩の隙間《すきま》を見つけ、体を入れた。真っ暗な洞窟に置いてきぼりはたまらないと、赤耳もあわててわしの後に続き、からだを入れると「あっ」と声をあげた。人ひとりが通れる岩の隙間があって、まるで魔法《まほう》にでもかけられたように、いきなり洞窟から外へころがり出たからだ。

そこはなだらかな草地の斜面《しゃめん》で、葛のつるがたくさん這《は》っている。ちょうど朝日が顔を出し、紫の雲間《くもま》から淡紅色《うすべにいろ》の光を送ってきた。その淡い光に浮き出て、斜面の下の森陰に板屋根がいくつか見える。

赤耳が興奮したように言った。

「ここは、どこなの？　まるで隠れ里みたいだ……」

わしは答えた。

「隠れ里という言葉は、平地にいて山を知らぬ、あま族やかも族の使う言葉だ。隠れているのではない、見る目がないだけだ」

そう言っている間にも、森から「ワンワン！」と山犬たちの吠《ほ》え声が響いて来た。山犬たちはわしのにおいとともに、まだ知らない赤耳のにおいをかぎつけているのだ。

森の入り口に鳥居《とりい》がある。わしは鳥居をたたいて「カンカン」と音をたてた。不意に侵入する者に放たれる山犬を、おさえてもらうためだ。いちばん手前の小屋の戸が開いて、男が顔を出した。夏宮の門番「かけ」だ。かけは、わしが連れている赤耳を見ると、手まねで「待て!」と言った。前触れもなしに、わしが木魂でもない者を連れてきたことを警戒しているのだ。

かけの姿が森に消えて、しばらくすると老夫婦が現れた。しなど彦さまの食事の世話をする「きぎし」と「泣き女《め》」だ。きぎしが言った。

「その子に、飯でも食わせてやろう。山くいひとりで夏宮に参れとのおおせじゃ」

泣き女のかかえている笊《ざる》から、焼き米のよい香りがして、赤耳の腹が「ぐーっ」と鳴った。泣き女がしわだらけの顔をほころばせた。

「よし、よし、たんと食べろ。かけの小屋には鹿のしし汁もあるでな」

赤耳を預けて、わしは一人、すさのしなど彦さまの夏宮へ向かった。森の奥に大岩があって、その上に木造船「船宮」が運ばれている。船宮の屋根と森の木の間に、藤づるの綱が渡してあり、わしは木に登って自在籠《じざいかご》をたぐり寄せた。

大岩の船宮に上るには、あけびのつるでこしらえた自在籠を使うしかないのだ。

「山くいが参りました。お指図をいただきたいことができました」

わしがそう言って顔をあげると、しなど彦さまは鹿の皮の巻き物を開いて言われた。

「これを見るがよい。わしが大昔にこの地に来た時、先住のよみのたつびとと交わした取り決めの書だ。この書には、お互いの長が代わるたびに確認の署名をして来た。

わしが知るよみ族の長は、今までに三人。

ひとりは先の長・石《いし》こりど女《め》、次はあま族に滅ぼされたいざ波、そして三人めはかぐ土《つち》、耳の赤い男だ……」

耳が赤いと聞いて、わしはとっさに山田のくえ彦の言ったことを思いうかべたが、それよりよみのたつびととの取り決めが気にかかった。

「わたくしが拝見してもよろしいのでしょうか？」

しなど彦さまは言われた。

「昨日のうちに、西の丹生《にう》の木魂から知らせが来ていた。かもの高角がおまえを追って鳥船を出したとな。鳥船は、東を目指しているそうだ。おおかた、船岡山の木種の村付近で、おまえらを探すつもりであろう。かもの高角がおまえを追うのは、おまえが赤耳を連れているからだ。赤耳はかぐ土の妻のおけ姫《ひめ》が生んだ子、やがてこの巻き物に署名する者……」

山田のくえ彦の疑いは、正しかったのだ。赤耳がよみ族の長の血筋ならば、いわれの地のあま族が生かしておくはずがない。わしは、熊なりの家族のことを思いうかべた。

わしらの行方は誰にも知らせてはいないが、隠していると疑われて、熊なりの家族がかも族からひどい責めを負わされることがあるのだろうか？

だが、しなど彦さまは言われた。

「おまえは赤耳の名付け親として、よみとこもりの取り決めを知らなくてはならない」

古びた鹿皮には、うるしの墨《すみ》で文様《もんよう》が施《ほどこ》されていた。石の筋目、木の葉の形や鳥の足跡《あしあと》、つるの結び目など、木魂とよみの民しか読むことができない、先住のよみの民の文字だ。

今の言葉で書くと、おおよそ次のようになる。
一、この島の地底に住む者・よみの民は、後より至れる者・こもりに、地表に木を植えることを許す。
二、後より至れる者・こもりは、地底に住む者・よみの民を助け、地表の暮らしを分かち合う。」
よみの民を助ける……。この時、赤耳の生命を守らなくてはならぬ理由を、わしは知ったのだ。

第十日　長老鷲を探す話

赤耳の父が、よみの長・かぐ土だとわかっても、よみの民の元へ赤耳を連れていくことはできなかった。あま族はこの島の支配者になろうとたくらんでいて、長の血筋を絶やそうと考えているはずなのだ。

わしは、しなど彦さまにたずねた。

「赤耳を、しなど彦さまの元でかくまっていただけるでしょうか？」

するとしなど彦さまは、首を横にふられた。

「それでは、どこでかくまえばよいのでしょうか？　赤耳はまだ幼くて、わたしの山歩きにいつも伴うわけには参りません」

しなど彦さまは、わしの目をじっとご覧になって、こう言われた。

「長寿を授かっておるわしとても、継ぐ者が育てば死を免《まぬが》れぬ人の身。

名付け親と言えども、おまえも死を免れぬ人の身。

人の身体で、赤耳を守りきれると思っておるなら、それは誤りじゃ。赤耳を守ることができるのは、山の精霊のみではないか？」

そのお言葉で、わしには赤耳をかくまうべき地のめぼしがついた。赤耳の守り手は、長老鷲。長老鷲のいる湖・風呂の大たまりへ、行かねばならぬのだ。

わしがしなど彦さまの元を辞そうとすると、しなど彦さまが白い石のついた細帯を下された。赤ん坊の赤耳を風の杜に運んだ後、しなど彦さまが預かっておられたのだ。

「赤耳の額に巻いてやるがよい。赤耳の道を拓いてくれるであろう」

さて琵琶の大滝から下りて、吉野川沿いに船で下る方法もあったが、わしは鳥船にみつけられるのを恐れて、来た時のように四寸岩の下を回って、青鳴り山の東へ出た。しかし、そこから風呂の大たまりへ行くには、船岡山のふもとを通過せねばならない。船岡山は、こもり族の木種の村として知られているから、かも族は追手《おって》をかけているだろう。連れている赤耳のたてる水音にハラハラしながら、わしは夜の間に吉野川を渡った。

振《ふ》り返って、元来た対岸の船岡山の黒い山影を見ると、木種の村の熊なりたちが気にかかったが、わしは赤耳には何も言わなかった。親兄弟にも消息を知らせないのが、木魂の修行だと信じて、赤耳も何も言わなかった。

川を渡った丹《に》むろの地は、鉱石を熔かす「湯屋《とうや》」、つまり精錬所《せいれんじょ》のある場所で、赤紫の筋目の入った丹生石《にういし》がうず高く積まれている。元はよみ族の持ち物だったが、今はあま族の役人が常駐している。丹生石から朱色の丹の粉を取り出し、遺体《いたい》や家の柱に塗《ぬ》るのだ。丹の粉には水銀が混じっているから、腐《くさ》

るのを防ぐ。

あま族の役人のいる土地に入るのは危険なように思えるが、夜間なら人目が減る。わしと赤耳を追っているのはかも族であま族ではないし、まさかわしらが、あま族の集落を通るとは、かも族の長の高角も予想しないだろう。

丹むろの湯屋の煙突《えんとつ》からは、鼻をつく硫黄《いおう》の黄色い煙《けむり》が立ち昇り、小窓から炉《ろ》の明かりが見えたが、人声はしなかった。交代で務める夜番を残して、後の者は皆寝ているのだ。

昼前には風呂の大たまりに着いた。

この湖がこうした名前を持つ由来は、よみ族の丹生石と関係がある。

かつてここは赤紫の丹生石の岩山であって、丹の鉱脈が露出《ろしゅつ》していた。

それを露天掘りして、丹の混じった石を砕いて溶かす「風呂」という穴を、よみのたつびとはこしらえていたのだ。

やがて、その地も「風呂」と呼ばれるようになり、百年近くも掘っているうちに、丘は窪《くぼ》んで雨水がたまるようになった。排水ができなくなって大きな湖となり、採掘は打ち切られた。それで「風呂の大たまり」というのだ。

風呂の大たまりから、わしは鳥のねぐら山の峠を目指した。三年前に長老鷲が巣をかけていた場所だ。赤耳の守り手の長老鷲が今もいるかどうか、確かめることが大切だったからだ。峠のぶなの木の林に入って、その一本に登り、わしらは崖の上の巣を見上げた。

以前にさざきが藤づるを巻きつけた松の木は、そのまま大きく枝を伸ばしていたが、藤づるも残ってはおらず、巣に敷《し》かれていた木の枝もまばらだ。最近使われた形跡《けいせき》がなかった。

赤耳が言った。

「俺が餌を食べさせてやった、弱いほうの子鷲は、無事に巣立ちしただろうか？　さざきが連れて行った強いほうの子鷲は、大たまりと言う名をもらって、山田のくえ彦おじの飼い鷹の、どれより大きな翼を持っていた。弱いほうの子鷲がもし生きていたら、たまり次郎と名付けてやるんだ」

「長老鷲は気性も身体も大きい故、小鳥を狩る飼い鷹に向いているとはいえないが、さざきは良く育てたものだ。巣にもどしたほうの子鷲は、親がもどらずに飢《う》え死にしたかもしれないが……」

わしがそう言うと、赤耳は空を見上げた。わしもつられて見上げたが、長老鷲の、あの大きな鳥影はどこにもなかった。にもかかわらず赤耳は目を閉じて、耳を澄《す》ますようなしぐさをした。そしてつぶやいたのだ。

「山《やま》くいのおじ、ここから西のほうの峰で、かっかっと、鋭く鳴いている鳥の声がしている。

あれは？……」

「かっかっ」と鋭く鳴くのは、鷲の仲間だ。一里周囲なら聞き分けることができるので、わしも耳を澄ませたが、ブナの林を吹きぬける風の音と、林の合間を伝い飛ぶカラやヒタキの「カチカチ」という地鳴きが聞こえるだけだ。よみのたつびとの中には、二里、三里先の雨や風の音を聞きつける者があると聞いたことがあるが、ひょっとして赤耳は、そうした特殊《とくしゅ》な聴力《ちょうりょく》を持っているのかもしれない。

わしは赤耳に言った。

「その声は長老鷲かもしれぬ。たどって行けるか？」

赤耳は大きくうなずいた。わしらは木から下り、赤耳の耳が指し示す道をたどった。

五日間、老人Yはかずきを相手に物語を続け、かずきはその内容を看護日誌に記録した。

【看護日誌――老人Yの話　第二週あらすじ】

老人Y・山くいは、親無しっ子三人組とともに、長老鷲の巣から赤耳を救出した。長老鷲は、山の精霊だ。そして山くいは、三人の親無しっ子を、幼なじみの山田のくえ彦の元へ行かせる。

その後活発に成長した赤耳は十三歳になり、初めてかも族の土地に入った。そこで赤耳は、かも族の若君・かもの鳥取に出会う。ところがよみの長の血筋だとみなされて、赤耳はかも族に追われることになった。保護を頼むため、山くいはこもりの長・しなど彦の元へ赤耳を連れて行ったが、赤耳がよみの長・かぐ土とおけ姫の息子であることを知り、赤耳を守る精霊・長老鷲を探す旅に踏み出した。

＊＊＊＊＊＊＊＊＊＊＊＊＊＊＊＊＊＊＊＊＊＊＊＊＊

この話をした後、明くる土曜・日曜と老人Yが目を覚まさないので、医師が呼ばれたが、「ただ眠っているだけで異常はない」とのことだった。診断通り、月曜の朝に老人Yは目を覚まして朝食を食べ、かずきを相手に、再び物語の続きを話し始めた。

第三週　よみ族と地底の話　　山くい73歳、赤耳13歳

第十一日　こもり族の寝小屋の話

日の沈む頃、わしらは西の竜門岳《りゅうもんだけ》のふもとに着いた。その途中、わしにも鋭い鳥の声が聞こえた。まちがいなく大鷲の声だ。だが大鷲はあまり鳴かないから、五年前に巣の中でさざきが暴れた時の、長老鷲の声かどうかはわからない。しかも声は北のほうに去って行く。日が沈んで声の主の姿を確かめる術《すべ》も無くなって、やっとわしは竜門岳の竜門洞《りゅうもんどう》のことを思い出した。

竜門洞の入り口は、わしら木魂の手で藪の陰にかくされていた。山に藪のあることは珍しいものではないが、木魂なら他の藪との違いがすぐわかる。何故なら、この島には産しなかった、故郷牛頭の桑《クワ》の木の藪だからだ。

桑の木につく蚕《カイコ》のまゆから糸をとり、軽く暖かい絹糸をつむぐのは、女たちの仕事。山の斜面に這う葛《クズ》から作る葛糸や、苧麻《カラムシ》から作るしず糸、木の皮を打って作る紙糸と並んで、あま族はわしらの糸を手に入れたがった。彼らは大型の「機《はた》」という道具を持っていながら、糸をとる植物の育て方を知らなかったのだ。

地底の宝の精錬法を知っているよみ族と同じように、樹木や草、鳥、虫などの山の宝のとり方を知っているわしらこもりを、あま族は奴婢にしたがっていたが、しなど彦さまの威力《いりょく》を恐れて、山に入るこ

とができなかった。あま族は正当な代価を支払って、わしらから山の宝を買い取るしかなかったわけだ。

さて、桑の木の藪をかき分けて、わしらは崖下の洞《ほら》の入り口に入った。大人が背を屈《かが》めてやっと入れる高さだが、中は意外なほど広く、明かり取りの穴も開けられている。わしは窓に山装束《やましょうぞく》の皮帯を張って火をおこし、外へ明かりがもれないようにした。煮立ちはじめた湯に粟《アワ》を放りこんで粥《かゆ》を作りながら、赤耳がたずねた。

「ここは、木魂の寝小屋なの？」

「今はな。しかし昔は、たつびとと、わしらこもりの商いの市だった。たつびとが、あま族の奴婢となる前のな……」

あま族がたつびとを奴婢としてから、わしらも大っぴらに売ることができず、現在の暗がり市に変わってしまった。だが、それまでは山々のあちこちの洞窟に、わしらこもりとよみのたつびとと

の売り買いの市が立っていたのだ。

わしらは山の尾根を伝って洞窟へ至るが、よみのたつびとは湧《わ》いて出るように市の場所に現れる。どういう道筋をたどるのか、わしらにはまるで想像がつかない。

噂《うわさ》では、たつびとたちは一度も地上に出ることなく、この日本の島の隅々《すみずみ》まで往来できるという話だ。地底の道を知っているからだという話もある。

そして陽の光に目がくらむ時は、日光をさえぎるために黒い笠をかぶっていて、それは「石鉢《いわばち》」と呼ばれている。火を防ぐ石衣と同じように、地底の石を薄くはいで作るというが、初めて見ると何とも異様な姿だ。

しかしわしらも山装束を着たり、かも族は羽衣《はごろも》を着たりしている。山装束には、木から落ちないように巻きつける長い皮帯がついているし、羽衣は鳥の羽根でこしらえている。

あま族ははじめのうち、わしらを猿か鳥だと思ったそうな。誰しも、見知らぬ民の風俗とは、理解をこえたものであるからな。

赤耳がたずねた。

「山くいのおじ、何故、たつびとは奴婢となって囚《とら》われ、俺たちこもりは自由でいられるの？　たつびとは弱虫だからだと、木種の村の大人たちは言っていた。こもりはいつも警戒をゆるめず、あま族を懲《こ》らしめる勇気があるから、自由なんだって」

「それは違う……」

わしは言葉を選びながら答えた。

「確かにわしらは用心深い。いや、疑《うたぐ》り深いというほうが良いだろう。だが、勇気があるかといえば、そんなことはない。たつびとの長があま族に襲われた時、わしらは恐怖のあまりたつびとを捨てて山に籠った。商いを通じて助け合っていたたつびとを捨てて、自分たちの自由を守ることしかしなかった。

それは致し方のないことであったかもしれないが、たつびとは、わしらがこの島に渡ってきた時に山を明けわたし、あま族が渡ってきた時に平地を明けわたした。それでも、お互いに足らぬ物をやりとりし合って地底の宝を使えば、平和に商いができると信じていたからだろう。

後から来た余所者《よそもの》が自分たちを奴婢にして、ただ地底の宝を貢《みつ》がせるためにだけ生きさせるなどと、考えもしなかったのだ。

よみ族が奴婢になったのは、弱虫だったからでも勇気がなかったからでもない。わしらこもりと違って余所者を疑わず、助け合おうとする心の強かったことが、災いしたのだ」

赤耳は口をとがらせた。

「どうして、あま族はたつびとを奴婢にしたり、鳥船でこもりの子どもを平地へさらおうとするの？それを防ぐことのできない大人が、自分たちは自由だと言うのは、何だか変だよ！」

わしには答えることができなかった。事ある毎にこもりの山を荒らそうとするあま族のために、毎年何人ものこもりが死に、長のしなど彦さまの生命を守るために、わしら木魂は気をゆるめる暇がなかったから、わしとてもあま族に戦いを挑《いど》んで、この地から追いはらいたいと、何度思ったことだろう。

しかし、あま族にはこもりの民にない平地の宝がある。川や沼《ぬま》の湿地で作られる「稲」だ。

第十二日　鷲と大鷲の話

「稲」がこの島にやって来てから、それまでのわしらの暮らしが大きく変わってしまった。あま族を憎《にく》まないこもりはいなかったが、稲から生まれる米をほしがらないこもりもいなかった。たとえ水場はあったとしても、岩山の上で、どうやって稲を作ることができる？　あま族の米の味を一度《ひとたび》知って、どうやって粟《アワ》や黍《キビ》だけの暮らしにもどれる？　そして何より問題であることは、渡来してからこの何十年かの間に、あま族はまるで鼠《ネズミ》のように数をふやした。わしらこもりの女の何倍も、あま族の女は子を産み育てた。それはすべて米の力なのだ……。

竜門洞で夜を過ごしたわしと赤耳は、早朝に竜門岳から北へと尾根沿いの道を歩いた。

足下の平地のはるか西には、二つの峰を持つふたご山が見える。ふたご山は、かも族の住む山並みの北の端にあたる。

そのふたご山と北に広がるくさかの山並みとの間には、大きなくさか川が見える。上空の鳥と鳥船の影に注意するわしの後ろで、赤耳が声をあげた。

「下の方に沼や川がたくさん見える！　そのまわりは緑の草がいっぱいだ！　家がたくさん並んでいる！　あそこはどこ？　誰が住んでいるの？」

口に指をあてて赤耳を黙らせると、わしは答えた。

「あれは、いわれの地だ。あま族の王・稲田王のいるさなだの宮があり、あま族の人狩りの匠たちが住んでいる」

あま族と聞いて赤耳の顔が緊張《きんちょう》したが、わしはたずねた。

「大鷲の声がきこえるか？　かも族は、あま族の家来になっている。ひょっとして、昨日の声は、さざきの飼っている大たまりかもしれぬな」

尾根伝いに二つの山を越すと下りとなり、北へはあま族の使う道を横切らなくてはならない。わしが迷って東の山を目指そうとすると、赤耳がはっとしたように言った。

「おじ、ちがうぞ！　翼の羽ばたきは、まっすぐ北の山から聞こえる！」

北の山は雨山《あまやま》と貝がら山からなり、その下には、あま族の神が宿る稲魂《いなだま》の社《やしろ》がある。神をまつる社は警備が厳しい。危険を冒《おか》したくないわしは言った。

「わしには何も聞こえぬ」

しかしわしの言葉を聞きもせずに、赤耳は山を走り下った。あわてて、わしも後を追う。昼の日中《ひなか》にあま族の道を通る怖さを、赤耳は考えもしないのだ。

わしらが横切った道の先には雨宮《あまみや》という祠があって、あま族が来る前にはよみの水場があった。よみのたつびとが掘った井戸だが、わしらも新来のあま族も使うことを許されていた。ところが今ではあま族の持ち物となり、雨宮にはあま族の水番が住んでいて、往来の荷車の馬や牛でごったがえしていた。

赤耳は奴婢のふりをして誰の物とも知らぬ馬を引いて水場に連れていき、そのまま水番小屋の裏から雨山へと駆け登った。わしらが見とがめられる危険も多いというのに……。しかし、わしも赤耳にならったことは言うまでもない。

雨山の山道の左下方に、稲魂の社がある。屋根の縁《ふち》には、よみ族から召し上げた金銀の飾りがまばゆく光り、目を奪《うば》う美しさだ。ともすれば立ち止まって眺めようとする赤耳をせかせて、わしは尾根の右側の林間を歩いた。するとすぐ先の貝がら山の峰から、鷽の鋭い声がした。確かに近い！　赤耳が駆けだした。一気に林を抜けて叫んだ。

「鷽の羽が散らばっている！　林のどこかに、きっと巣があるぞ！」

その時林の奥から、鶯の鳴き声が「ホーホケキョ・キョ・キョ」とこだました。鳴き声はゆっくりと頂上へと移動し、それにつれて鷲の羽音が降りてくる。赤耳とわしは羽音をめざして登りに登って、やがて林が切れると開けた岩場に飛び出た。貝がら山の頂上だ。南側にブナの大木が一本立っている。そしてその中ほどの灰色の大枝に、大鷲がとまっていた。大木の下に立って、赤耳がつぶやいた。

「長老鷲……」

確かに鷲は白い大鷲だ。しかし以前知っていた長老鷲とは明らかにちがっている。そうだ、以前の長老鷲は頭だけでなく翼の羽がもっと白くて、もっと大きかった。何せ人間の子をさらうほどの大鷲だったのだ。わしは首を横にふった。

「長老鷲ではない。やはりさざきの飼いならした、強いほうの子鷲・大たまりだな……」

今度は赤耳が首を横にふった。

「ちがう！　大たまりの翼は、こんなに白くはないよ！」

その時、また先ほどの鶯の声が響いて、大鷲が舞い上がった。それと同時に向こう側の林から人が現れた。長い杖《つえ》を持った女か？　いや、まだ少女だ。杖を持たない左手につかんだ、あめ色の縦笛を口に

くわえている。

少女がその笛を吹いた。「ホーホケキョ・キョ・キョ」と鶯の声がこだまする。驚いて立ちつくしている赤耳とわしの横をすり抜けて、大鷲は少女の元へ飛び、長い杖の先にとまった。大鷲が杖の先で翼を広げ、その陰で暗くなった少女の目が、一瞬青く光ったように見えた。その異様な目の光に驚いて、赤耳がとがめた。

「誰だ？　おまえ……」

するとその声に警戒したのか、大鷲が舞い上がり赤耳を襲った。一瞬のことで、わしも赤耳もなすすべがない！　赤耳は目を守ろうとして、とっさに左腕を突き出した。大鷲は赤耳の腕に鉤《かぎ》づめを立て、傷ついた腕から血が飛んだ。

「危ない！」

わしは腰の山刀を抜いて赤耳の前に立ちふさがり、大鷲の次の攻撃に備えたが、突然不思議なことが起こった。舞い上がった大鷲がわしらを攻撃するのを止め、地上に降りて「ピルル・ピルル」と声をたてたのだ。子が親を呼ぶ甘え声だ。

第十三日　よみ族の墓「磐座《いわくら》」の話

わしを押しのけて、赤耳が嬉《うれ》しそうに叫んだ。

「山くいのおじ、これは、長老鷲の巣にいた、弱い方の子鷲だ！　俺が強いほうの大たまりを投げ落として、餌を分けてやった、あの弱い方の奴だよ！　おまえ、やっぱり生きていたんだな！　長老鷲から餌をもらったんだ！」

赤耳が血の滴《したた》る左手をさし出すと、翼の白い大鷲がさっと飛びのった。大鷲の重みで腕からはまた血が吹き出たが、赤耳は気にもしないで大鷲の胸を撫《な》でる。

その時、「カサカサ」と音がして、向こう側の林から人の影が現れた。黒い笠をかぶっている。よみ族の石鉢か？　顔はよくわからなかったが、背の高い女だ。女は、先ほどの少女のそばに並ぶと、わしの顔をじっと見てから、黒い笠を取った。

「山くいのおじ、久しぶりだな」

わしは驚いて女の顔を見た。その顔に見覚えがある。生まれたばかりの赤耳を預かって、熊なりの連れ合い猪の子が乳をもらった、乳母《うば》のかぐやだったのだ。驚くわしを尻目《しりめ》に、かぐやは赤耳の顔をじっと見てから、わしにたずねた。

「その子が、あの時の赤ん坊か？

そして、その子が巻いている額の石帯《いしおび》は、誰の物だ？」

「石帯？　わしにはわからん、だがしなど彦さまが巻いてやれとおおせになった」

かぐやが赤耳に近づいて何か言おうとしたが、少女が叫んだ。

「母《かか》さん、足の下から地鳴りが上ってくる。雨山から人が来るよ」

かぐやが険しい顔になって、わしらに言った。

「おじ、あまの奴らに知られたようだ。わしらについて来い。隠れるぞ」

赤耳が、弱い方の子鷲を指さして少女に言った。

「こいつはお前の飼い鷲だろう？　どうすればいい？」

少女は笑って答えた。

「わしらは地上の物を飼ったりはしない。ただの友達だ」

かぐやが言った。

「その鷲は、おまえを親だと思っているようだ。おまえの好きにするがよい」

「たまり次郎、おまえも身を隠せ！　今度俺が呼ぶまで死ぬなよ！」

赤耳がとっさに叫んで、腕の大鷲を空へ飛ばすと、大鷲、いや、「たまり次郎」はすぐに舞い上がって東方へ飛び去った。それを見送る暇も惜《お》しんで、かぐやと少女は貝がら山の北の林に走りこむ。赤耳の傷が気になったが、わしらも二人に続き、林の中を駆け下りた。

するとすぐに空き地があって大岩が横たわっている。大岩のまわりはいばらの藪。藪の手前にもいくつかの平たい岩が転がっていて、その一つにかぐやが両手をあてると、驚いたことに岩はやすやすと引かれた。その後ろに穴の口が現れる。地下にもぐる隠れ穴だったのだ。少女が真っ先に飛びこむ。赤耳が続き、わしも続くと、奥はゆるい坂になっていて、ごろごろと転がり落ちた。中は薄暗いが、入り口からの光で目がきく。遅れて落ちて来たかぐやにわしは言った。

「ここはどこだ？　岩を元にもどさなくてはすぐに見つかるぞ」

「おじ、わしらよみの知恵にぬかりはないぞ」

よみだと？　わしが驚くと、かぐやが笑って足元を指さした。石臼《いしうす》が置かれていて、取っ手に草のつ

るで編んだ綱が結ばれている。石臼をグルグルと回すと綱が引かれ、上方で「ゴリゴリ」と音がして、穴から射していた光が徐々に消えた。どのような仕掛けか、先ほどの平岩が元の位置まで引かれて穴を蓋《ふた》したのだ。まわりは真っ暗闇だ。

赤耳が気味悪がって、わしにたずねた。

「ここはどこ？　よみって何？」

わしが答える前に、かぐやの声が答えた。

「おじは知らなかったようだがな、わしやお前のように額に石帯を巻き、暗い地底を歩く者のことじゃ。おまえは、こもりの者に育てられたのだから、使い方を知らぬじゃろう。月の目、教えてやれ」

呼ばれて、少女の動く気配がした。少女の名前は「月の目」というのだ。やがてうっすらと緑色の光が射して、あたりが少し明るくなった。額の髪を分けた月の目の顔が浮かび上がり、赤耳と同じ石帯が顕《あら》わになった。月の目は、石帯の中央の石を手でこすっている。こするたびに緑色の光が強くなり、思いの他に明るく前方を照らす。やがてかぐやのまわりも緑色の光が射し始め、赤耳の姿も同じ光に包まれた。二人をまねて石帯をこすったのだ。

おかげで赤耳の傷が見え、わしは腰袋からヨモギを出して、当座の止血をした。

かぐやが言った。

「おじ、わしが月の目を産んで三月《みつき》ほどたった時、しなど彦さまから猪の子と赤ん坊を預かるよう頼まれた。その時赤ん坊はこもりの者だと思っていたから、乳が出ないからといって、何故わしのようなよみの女に乳母を頼むのかと不思議に思ったのだ。しかしこの石帯をしなど彦さまが渡されたと聞いて、初めてわかった。赤耳は、確かによみの子どもだ。しかも、石帯は代々長の血筋の証しとなるもの。わしの叔母・いざ波の孫かもしれぬ」

いざ波は、よみの民の前の長だ。いざ波があま族に殺された後、よみ族は奴婢とされ、次の長かぐ土は、地底で金銀を掘り出す金屋部《かなやべ》の長とされた。わしはたずねずにはいられなかった。

「前の長の姉妹の子でありながら、何故おまえは、他のたつびとのように、あま族の奴婢にされなかったのだ?」

第十四日　地底の川の話

かぐやは、顔をゆがめて言った。

「おじ、よみ族が皆、新来の者を疑わない者ばかりだということはない。わしの母は妹のいざ波をさとした。新たに来た者は飢えている。飢えは人の心を暗くし、明かりをほしがらせる。もっともっとと大きすぎる明かりを求めて、わしらの明かりまで奪うとな。わしらは長い時間、わしらだけの暮らしに慣れきっていて、用心を忘れているのだと……。しかしいざ波が母の恐れを笑ったのを見て、母は同じ考えの者たちやわしら子どもをすさのしなど彦さまに預けた。その後母はいざ波とともに殺されたのだ」

わしにもやっとわかった。よみ族のかぐやがしなど彦さまの元に隠《かく》れたのは、よみ族とこもりの「取り決めの書」によるのだと。

しかし話はそこまでだった。かぐやが慌ただしく穴の奥へと更に下りはじめ、石帯《いしおび》のないわしは、赤耳に手を引かれて後を追うしかなかった。

足元は木の根が入りこみ水でぬれていたから、山歩きに慣れているわしでさえ、すぐにころびそうになる。少し下りるとふいにかぐやを照らしていた緑色の光が消え、続く月の目が赤耳を引っ張って岩壁に身を寄せた。

驚いたことに、垂れ下がった木の根の間にもぐりこむと、四つん這《ば》いになってやっと通れる横穴があったのだ。月の目がささやいた。

「まっすぐ進むと、すぐに落とし穴に落ちる。ここは外の風がないから明かりをともしてもすぐに消えて、落とし穴が見えないんだよ」

横穴を通り抜けると、湿った空気が漂《ただよ》ってきて、水の流れる音がした。こんな所に地下の川が流れていたのだ。かぐやが腰につけた火打石を打ち始め、月の目がふところから松の束を出して火をつけた。松明《たいまつ》だ。その明かりに照らされて、地底の川に小舟がつながれているのが見える。

「一体、ここは？」

わしが思わずつぶやくと、かぐやが笑った。

「地上の大岩は、大昔のわしらの先祖の石の墓・磐座《いわくら》じゃ。先ほどの落とし穴は、石の棺《ひつぎ》に近づこうとする者を防ぐための物。あま族は大岩のまわりの土をどけて棺の中の宝物を盗んだが、地下の道の仕掛けに気づくことはなかった。だが、わしらを近づけぬため、この山の下にあまの稲魂《いなだま》の社《やしろ》を作ったのだ」

よみの磐座の地底にある川は、一体どこから来てどこへ流れているのかはまるでわからなかったが、かぐやと月の目は慣れたようすで小舟に飛び乗った。赤耳とわしも後に続く。するとすぐに月の目が松明を水に浸《ひた》して消した。あたりはどこが岩壁でどこが水かもわからない暗闇。ただ額の石帯の緑色の光だけが、小舟の中のわしらを照らすだけだ。

かぐやが流れに逆らって棹《さお》を入れ、小舟を川上の闇の中へ向ける。これではすぐに岩壁にぶつかり転覆《てんぷく》するだろうと、わしはひやひやしたが、舳先《へさき》に座った月の目が、「右二つ」とか「左三つ」とかつぶやくたびに、かぐやは小舟の向きを変える。どうやら、月の目が何かを目印に水先《みずさき》案内をしているらしいが、わしや赤耳には何も見えない。全くの暗闇なのだ。

地底の川の暗闇は何とも不気味な広がりで、後ろでかすかに聞こえていた水音さえも消え、その内かぐやの棹の音もしなくなり、まるで宙に浮いているかのようなめまいさえし始めた。その時ふと気がついた。小舟が進んでいない！　そうだ、同じ水面でグルグルと回っているのだ。「おじ、あれ！」と隣《となり》の赤耳が声を出して、頭上を指さした。かすかに光が射している。その光でやっと気がついた。光に吸い寄せられるように、小舟は闇の中を上昇しているのだ。ふいに小舟の回転が止んだ。水上に横穴が口を開いていて、そこから射す光が反射し、岩天井を照らしている。かぐやが再び棹を入れ始め、横穴から滑《すべ》り出た。一体どういうことだろう？　そこはもう地底ではなく、葦《ヨシ》でおおわれた地上の池となっており、しかもどうやら、池は山の上にあるようだ。陽が西へ傾き始めている。

かぐやが、小舟を池の岸につけて言った。

「おじ、この室の池から南のうかしへ抜ければ、その先はこもりの手の内の白山《しらやま》への道。あまの追手もかからぬ」

だが赤耳が顔をあげて言った。

「東の山から大鷲の声がする。たまり次郎が俺を呼んでいるんだ。

連れて帰ろう」

すさのしなど彦さまの言葉がまたもよぎった。赤耳の守り手は親のほうの長老鷲。だが長老鷲に出会う手段は、人の身では計り知れぬ。ひょっとしてその子鷲が、親の長老鷲を引き寄せてくれるかも……。わしは言った。

「東を目指そうと思う」

するとかぐやは、月の目に棹をわたして言った。

「東の山には、あま族の珍《うず》の石屋部《いしゃべ》がある。二人がつかまらぬよう案内しよう。おまえは先に帰れ」

「珍の石屋部」とは、あま族の王族が身に着ける飾りの宝石を掘り出す場所のことだ。

月の目は何か言いたそうにしたがやめて、赤耳に縦笛をさし出した。

「たまり次郎を呼ぶのに、この鶯笛《うぐいすぶえ》を使え」

そしてそのまま棹をさして、流れのままに元来た横穴へと入って行った。赤耳がかぐやにたずねた。

「何故、月の目は真っ暗な地下の川で水先案内ができるのだ？

何故、地下にあった舟が、停まったまま山の上の池に出て来られたのだ？」

かぐやは、月の目が赤耳にわたした鶯笛を見て少し考えこんだが、すぐに答えた。

「月の目は、光のある場所では目が見えぬ。しかし光がなければ全てを見ることができる。わしらよみの者には、時々そのような者が生まれるのだ。そしてわしらよみの者はな、ずっと大昔に、遠い南の島から海を渡って来た船の匠だった。

長い年月の間に、わしらの親たちは、船を低い場所から高い場所へ移す『昇り水』の技を考え出したと聞いている。この地の地下には、我が一族しか知らぬ地底の穴道《あなみち》があるんだよ」

第十五日　指笛《ゆびぶえ》の話

月《つき》の目が小舟で横穴へ去ると、赤耳はすぐに鶯笛を吹いた。「ホーホケキョ・キョ・キョ」と笛音が響いたが、しばらくして赤耳は首を横にふった。

「だめだ、答えがない……」

かぐやがわしにたずねた。

「山くいのおじ、なぜ大鷲を気にする？　一時も早く南のこもりの山に帰る方がよいではないか？」

わしは、すさのしなど彦さまのお言葉を伝えて、赤耳の守り手の精霊が、風呂の大たまりの長老鷲であることを教えた。するとかぐやが言った。

「今、月の目は大鷲を呼ぶ鷲笛を、赤耳にわたしたであろう？　それでわしにはわかった。月の目は、赤耳をくど山の火知りに会わせたいと思っている。おじたちに出会う前、わしは風呂の大たまりへ行く途中だった。しかしおじたちを追うあまの人狩りたちがあたりに目をとがらせている今、夜にならなければ動くことができぬ。それはおじたちも同じだ。

どうだろう？　大鷲を探す前に、くど山へ寄り道せぬか？」

「くど山」とは、もともと木を炭にかえるかまどのことだったが、わしらこもりは、炭焼き小屋をもそう呼び、かまどを扱う者を「火知り」と呼んだ。わしは早くたまり次郎を呼んで夜のうちに南の山々へ帰りたかったが、かぐやはこうも言った。

「おじ、室の池の南の山の火知りは、大鷲を呼ぶ、この鷲笛を作った男だ。長老鷲の居場所を知っているかもしれぬ」

かぐやの後をついて、室の池から南の山道をしばらく登ると、行く手に白い煙が立ち昇っていた。煙は松林の奥から羽ばたくように立ち昇り、まるで白鳥が舞い踊《おど》っているかのようだ。その下に板葺《いたぶ》きの炭焼き小屋が見える。かぐやが近づく前に小屋の引き戸が引かれ、小柄な男が出て来た。火知りのかぶる石頭巾《いわずきん》をつけ、火を防ぐ石衣を着ている。わしらを林の手前で足止めすると、かぐやが男に近づいて言うのが聞こえた。

「跳《は》ねうさぎ、山くいのおじだ。わしが乳母をした熊なりの子もいる」

警戒していた男の表情がゆるみ、わしらを手招きした。わしらを小屋の中に入れると、男、いや、跳ねうさぎはなつかしそうにわしに言った。

「おじ、久しぶりだな、俺だ。しなど彦さまの夏宮にいる、きぎしと泣き女の下の息子だ」

「では、夏宮の門番・かけの弟か？　しばらく姿を見ないと思っていたが、こんなところでくど山をしていたのか！」

驚くわしに、跳ねうさぎはにやりと笑って答えた。

「ここはあま族の金屋部にも珍の石屋部にも近い。作った炭は、右から左によく売れるわい」

かぐやが煮《に》炊《た》きを始め、わしらは猪《イノシシ》の汁で夕飯を食べた。わしは、長老鷲のことをたずねた。すると跳ねうさぎは、赤耳が首からかけている鷲笛を指さして言った。

「その笛は、長老鷲の足指の骨で作ったのだ」

わしは驚いてたずねた。

「足指の骨？　と言うことは、まさか、長老鷲は死んだのか？」

跳ねうさぎは、ため息をついた。

「いや、死んだかどうかはわからぬが、二年ほど前、かもの高角が大たまりの上空を飛んでいる時、鳥船を襲った長老鷲に剣《つるぎ》をふるって、片脚《かたあし》を切り落としたと聞いている。その時船に乗っていた山田のくえ彦おじが命ぜられて、脚の骨から横笛を作ったが、足指の細い骨を俺がもらったのだ。あの大きな体で片脚を無くして、長老鷲が生きながらえているとは思えぬ」

わしは、しばらく言葉が出なかった。山の精霊とて生身の姿でわしらの前に現れる。生身の姿が消えてしまったら、何をよりどころに探せばよいのか……。かぐやが言った。

「赤耳の守り手は長老鷲だそうだ。おじは守り手に会って、赤耳の行く末を頼みたいことがあるそうだ。だが、赤耳はこもりの者ではない。わしと同じよみの者のようだ。

そのような者でも、守り手は答えてくれると思うか？」

跳ねうさぎは驚いたように赤耳の顔を見たが、少し考えこんでから、わしに言った。

「精霊の守り手の考えは、人の身の我らが計り知れるものではないがな、耳の赤い長を、俺は、大天井の採掘場で見かけたことがある。幸いに、赤耳はその男に似ていない。耳さえ隠してかくまえば、わしでも守り手の手先くらいにはなれるだろう。

赤耳は、あま族やよみ族のことをもっと学ばねばならぬと思う。

おじ、俺が赤耳を預かろうと思うが、どうだ？」

わしも言った。

「長老鷲の足指の骨から作った鶯笛を、月の目が赤耳に譲《ゆず》ったということが、すでに守り手の答えだったのだな。だが、ここはあま族に近すぎるのではないか？」

するとかぐやがうなずいて、わしに言った。

「おじ、確かにここは危うい場所だ。その危うい場所で跳ねうさぎが炭焼きの業《わざ》をするのは、すさのしなど彦さまのご指示だ。炭を売りながら、奴婢とされたよみの一族と、あま族の様子を調べることが役目なのだ。そして何よりこの跳ねうさぎは、わしの連れ合いで月の目の父でもある。よみにもあま族にも近い、この場所で炭焼きをおぼえれば、赤耳は親の様子を探ることができるぞ」

赤耳が目をとがらせてたずねた。

「親の様子？　俺の親は熊なりと猪の子だ。他に親などいない！」

跳ねうさぎが、厳しい顔で言った。

「赤耳、自分が熊なりと猪の子の実の子ではないと、おまえももう気付いているはずだ。だが親は沢山いるものだ。生みの親、名付け親、育ての親、そして業親《わざおや》。おまえが生きながらえて年を重ねたいと思うなら、何人もの業親に学び、自身の誕生のきっかけとなった生みの親にも学べ。守り手の長老鷲はどのような姿になっても、おまえを助けてくれるはずだ」

夜半に月が沈むと、わしとかぐやはくど山の炭焼き小屋から立ち去った。後ろの松林で「ホーホケキョ・キョ・キョ・キョ」と鶯の声が何度もこだましたが、それはたまり次郎を呼ぶ赤耳の鶯笛だった。親から離れた子どもには、友が必要なのだ。

五日間、老人Yはかずきを相手に物語を続け、かずきはその内容を看護日誌に記録した。

【看護日誌——老人Yの話　第三週あらすじ】

山くいは、こもりの長・しなど彦の助言を得て、赤耳の守護精霊の長老鷲を探すうち、よみ族のかぐやと、その娘・月の目に出会い、磐座の地下に逃れた。地下には川が流れており、よみの仕掛けのお陰で、離れた山上に浮き上がることができる。そして炭焼きをしているくど山の火知りの元へ、立ち寄ることになったのだ。

＊＊＊＊＊＊＊＊＊＊＊＊＊＊＊＊＊＊＊＊＊＊＊＊＊＊＊＊

この話をした後、明くる土曜・日曜と老人Yが目をさまさないので、医師が呼ばれたが、「ただ眠っているだけで異常はない」とのことだった。診断通り、月曜の朝に老人Yは目を覚まして朝食を食べ、かずきを相手に、再び物語の続きを話し始めた。

第四週　かもの鳥取とこもりのさざきの話　　山くい73歳、赤耳13歳

第十六日　地底の落とし穴の話

一方、わしらと別れて地底の川へもどった月の目には、思いがけない出会いが待っていた。その出会いについて、これから話そう。

わしらが地底に逃れた頃、こもりのさざきは、かもの鳥取の鳥船の中にいた。長老鷲の子どもの大たまりも、籠に入れられて乗せられていた。雨宮の水場で、赤耳が馬を引いて行く姿を誰かが見ていて、馬泥棒《うまどろぼう》だとみなされたわしらは、空から追跡されることになったのだ。

かもの鳥取がさざきに、こう言ったそうだ。

「いくら父上の命令とは言え、馬泥棒などのために鴨わたりの術を使えるか！　だが鴨わたりの最中に鷲が襲ってきても恐れぬように、鴨たちを鍛《きた》える良い機会だ」

いわれの地の西のかも族の村から飛ぶと、東の雨山や貝がら山までは、あっという間だ。鳥取は初めから馬泥棒を探すつもりはなく、金色に輝くあまの稲魂の社の上空で、さざきに命じた。

「大たまりを籠から出せ！」

籠から出された大たまりがさざきの腕にのると、鴨たちが「カウカウ」と警戒音を出し始めたが、鳥船の飛行を乱すほどではなく、そのまま飛び続けている。

その様子に自信を持った鳥取がまた命じた。

「放せ！」

その声に応えて、さざきは大たまりを前方へ放した。

その直後、鳥船を囲んでいた鴨たちは大混乱に陥った。鴨の羽音に興奮した大たまりが舞いもどって、つながれた鴨の群れの中に飛びこんだからだ。

鷹飼いが飼う鷹は鳥の群れに飛びこんで群れをバラバラにし、一羽をとらえるよう仕込まれるが、鴨わたりの鴨たちは足輪で鳥船にしっかりとつながれているため、一向にバラバラにはならない。まだ若い大たまりはきりきり舞いし、群れから離そうとしてさざきが口笛を吹いても、混乱している大たまりには聞こえない。

その時、鴨の足輪が切れて、前側の十羽ほどが飛び離れた。離れ鴨を追って大たまりも離れた。鴨は鳥船の本体を隠すだけのもので、鴨が減ったところで飛行できなくなることはない。だが、鳥船中央にのせた「船魂《ふなだま》」に、離れ鴨が数羽吸いこまれた。

「船魂」とは、現在の人間が言う飛行機のエンジンのようなものだ。

船魂の回る音がきしんで、あたりに鴨たちの羽が飛び散り、鳥船は失速して下へ落ち始めた。鳥取はすぐに麻布の浮き袋を船魂にかけた。船魂から昇る熱い風で、浮き袋はふくらみ、鳥船の落下は抑えられる。

鳥取は山中の空き地をみつけて鳥船を誘導《ゆうどう》した。空き地の中央の大岩の上に着陸したのだ。

大岩の上で、さざきが船魂の掃除《そうじ》をすませ、他の鴨たちの無事を確認して餌をやっている間、鳥取は下の空き地に飛び降りて、あたりを調べまわっていた。さざきが整備を終えて鳥船から降りると、鳥取は大岩の周囲の平たい岩に腰をすえて、こう言った。

「俺は、昔幼い時に、ここへ来たことがあるぞ。父上が言われるには、かもの一族の大先祖《おおおや》・磐船さまの墓だそうだ。もっとも今では、あまの一族の大先祖・稲魂の墓の跡だと、あまの奴らは言っておるがな」

その時、空に黒い影が現れた。放されていた大たまりがやっともどって、少し離れた小さな平岩にとまった。その平岩にくちばしを打ちつけ、しきりにさざきを呼ぶ。その様子が普通ではない。

顔を見合わせてさざきと鳥取は、大たまりがとまっている平岩の側へ行った。何の変わりもないただの岩だが、腰をおろすにちょうど良い高さだ。他の者にもそうであったのか、平岩の

下には沢山の足跡が残っている。鳥取がはっとしたように叫んだ。

「よく見ろ！　この足跡はまだ新しいぞ！　それに、岩のずれたような筋が残っている！」

さざきが岩に手をかけて、残っている筋の方向に押した。まさかと思うことが起こった。人が座れるほどの岩がやすやすとずれて、後にぽっかりと穴が口を開けたのだ。

さざきが鳥取の顔を見ると、鳥取が言った。

「話に聞いたことがある。磐座の下に石の棺を収めた時の地下道の入り口かもしれぬ」

鳥取がそう答えると、さざきが頭からもぐりこんで穴へ滑り落ちた。ゴロゴロと転がる音がして、中からさざきの声が響いた。

「鳥取さま、確かに、ゆるい坂になっています！」

鳥取もすぐにころがり落ちて来て、さざきが立っているのを見るとつぶやいた。

「入り口に比べて、中は随分大きいな。やはり自然の穴ではない。棺を運んだ横穴だな。人目にふれぬように、入り口の扉を土と岩で埋《う》めもどしたのだ」

「では、これより奥に行けば、磐座の地下に行けるということでしょうか？」

さざきは、腰袋《こしぶくろ》から松の小枝を出して、松明《たいまつ》を灯した。一時明るくなった穴の奥に、良くならされた土の道が続いているように見える。

「行くぞ！」

鳥取が勢いづいて足早に進み始めたが、少し行くと、後から続いたさざきの手の松明の火がくすぶり始め、やがて「ジジ」と音がして消えてしまった。道が曲がっているのか、さっきまで後ろに差しこんでいた入り口の光も届かず、真っ暗闇だ。

「何をしているんだ！　早く明かりを！」

苛立《いらだ》つ鳥取の声が闇から聞こえ、さざきは急いで火をつけた。

第十七日　緑色に光る生首の話

やっと明かりがもどって追いつくと、鳥取は松明を取り上げて言った。

「おまえは、入り口で待っていろ。もう少し調べてから、俺ももどる」

命じられたとおり、さざきが引き返そうとした時だ。奥で「アアッー」と叫び声がして、「ドーン」と何かの落ちる音が響いた。振り向くとさっきまで見えていた鳥取の松明の光が見えない。若君の身に何かが起こったにちがいない！

さざきはまた松の枝をさぐり出して松明を灯した。急いで奥へ踏み出す。ところがまた松明がくすぶり始めて、すぐに「ジジ」と消えそうになる。その消えそうな光の向こうに、ちらりと黒い穴が見えた。足元に穴が口を開いているのだ！　はっとしたとたん、松明は又も消えてしまった。

「そうだ！」とさざきはやっと気がついた。松明が消えるのは、地下の穴の奥に外の風が入りこんでいないためだ。このままでは息ができなくなって、二人とも死んでしまう！

さざきは大声で呼んだ！

「若君！　鳥取さま！」

すると、闇の中から声が上がってきた。

「オーイ、さざき、気をつけろ！　落とし穴だ！　明かりも消えてしまった！」

さざきは腹ばいになって、手で前方を探りながら進んだ。すぐに、足元の道の穴のふちに手がさわった。急いで次の松明に火をつける。

くすぶる松明を穴の上から差しこむと、底で見上げる鳥取の顔があった。どうやら体は無事のようだ。さざきは叫んだ。

「若君！　ここは外の風が吹きこみません。このままでは息ができなくなりますから、動かずにじっとしていてくだされ。

急いで蔦のつるを取って来て、お助けいたします！」

さざきがいなくなると、鳥取はすぐに落とし穴の周囲の壁を手探りで調べ始めた。息ができなくなる前に上る手段を考えようとしたのだ。

さっきさざきが差し出した松明の明かりからすると、落とし穴の深さは自分の背丈《せたけ》の二倍ほど、どこかに足がかりさえ見つけられれば自力で上がれるかもしれない。だが岩壁は垂直に切り立つ長い縦筋の集まりで、手足を掛ける横筋が探せない。おまけに水にぬれてツルツルとすべる。あきらめて、鳥取は穴の底の大きさを測ることにした。

縄《なわ》を入れた巻き貝を出し、同じように取り出した矢じりを、縄の先に結びつける。巻き貝を握《にぎ》ったまま、前方に「ヒュッ」と矢じりを投げると縄は飛び出したが、思いのほかに早く「カチン」と壁に当たる音がして、巻き縄がとまった。とまった縄をそれ以上引き出さないように引き寄せて、矢じりとの距離を指先で測る。次に後ろを向いて同じように矢じりを投げる。

こうして鳥取は自分を中心にして四つの方向の距離を測った。どの方向もさほど大きさに違いはなく、先に壁を調べた時の歩数と合わせると、半径二メートルほどの円形をしているようだ。それだけ広いと、穴の両壁に手足を突っ張って上がるということは難しい。

鳥取は巻き縄を目いっぱい引き出して、その先に腰にさげていた剣を結びつけた。縄の先の剣を、思いっきり上方に放り投げる。剣の重みを利用して穴の縁に引っかけようと考えたのだ。

しかし、穴の入り口と自身の位置との関係がわからないままに、やみくもに放り投げるのだから、何度やっても、剣はかすった音さえせず「ガーン」と落ちてくる。そのうち鳥取は息が切れ、目まいを覚えて座りこんだ。

見上げる頭上の何と暗く、何と遠いことか！「さざきはどうしたのだ？何でこんなに遅いのか！」と、いらだっているはずなのに声も出せない……。

その時、はるか遠い頭上の闇に「ボーッ」と緑色の光が射して、人の頭が浮かび出た。

鳥取ははっと我に帰って叫んだ。

「さざき、ここだ！　俺はここにいる！」

緑色に照らされた頭は返事もせず、ただ縄梯子《なわばしご》が「ガラリ！」と垂れて来た。鳥取は巻き縄と剣を引き寄せるとフラフラと立ち上がり、縄梯子にすがりついた。

梯子を登ろうとするが、どういうわけか力が入らない。すると緑色に照らされた頭が消えて、あたりはまた暗闇に閉ざされる。意識が遠のきそうになった時、縄梯子が「ガクン」と揺《ゆ》れて、引き上げられるのに気づいた。また緑色に照らされた頭が現れて、近づいた鳥取を助け上げる。鳥取はその頭の顔を見て、初めて気づいた。さざきではない！　女だ！　しかも顔だけが緑色に光る、女の生首！　それからすぐに鳥取は気を失った。

ただ、自分のつかまった縄梯子がずるずると引かれて、自分の上に時折、緑色に光る女の生首が現れる夢を見ていた。その生首の何と美しいことか！　緑色の顔に星か蛍《ホタル》のように青く光る瞳《ひとみ》が、気遣《きづか》う表情で鳥取を見下ろしている……。

さざきが蔦のつるをかかえてもどった時、鳥取は横穴の入り口の外で倒れていた。意識のもどった鳥取に、「どうやって、穴からお出になられたのですか？」とさざきがたずねたが、鳥取はこう答えた。

「父上に報告することは何もなかった。大たまりを籠にいれて、かもへもどろう」

二人が磐座の上から鳥船を飛ばせて去ると、すぐに夜が来た。待ちかねたように磐座の横穴の入り口から黒い影が現れ、月明かりの下をあまの稲魂の社の方角へ去って行った。それはよみの少女・月の目だったのだ。

第十八日　長老鷲の二羽の子どもの話

さて話を赤耳にもどそう。

わしとかぐやが去った翌日、赤耳は「カッカッ！」という鋭い鳴き声で飛び起きた。外へ飛び出ると、小屋の裏の松の木にたまり次郎がとまっている。赤耳を見るとたまり次郎は舞い降りたが、すぐに「バサリ」と落下してしまった。赤耳があわてて近寄ると「ピルル・ピルル」と親を呼ぶ声をたてたが、そのまま地面に翼を引きずっている。

「おまえ、どうしたんだ？　飛べないのか？」

赤耳の声を聞きつけて、火知りの跳ねうさぎが出て来た。地面で這っているたまり次郎を見て、すぐに跳ねうさぎが言った。

「こいつ、傷を負っているな」

赤耳がたまり次郎を抱き上げて見せると、跳ねうさぎがつぶやいた。

「くえ彦おじの所で見たことがある。他の鳥とやりあって翼をやられたのだ。まだ間もないぞ、血がにじんでいる」

跳ねうさぎと赤耳が、たまり次郎を小屋の中へ入れようとしていると、また頭上で羽音がして、先ほどの松の木に大きな鳥が舞い降りた。大鷲だ！　しかも白い！

跳ねうさぎが、驚いて叫んだ。

「なんだ？　こいつとそっくりな大鷲が、もう一羽来たぞ！」

赤耳も驚いた。何故なら、それはさざきが育てている大たまりにちがいなかったからだ。飼い鷹《だか》を示す麻ひもが脚に巻かれている。

「大たまり！」

赤耳が呼ぶと、大鷲は一瞬赤耳を見たが、興奮しているらしく頭の羽を逆立てたまま、たまり次郎から目を離さない。どうやら大たまりは、ここまでたまり次郎を追い立てて来たようだ。自分の獲物を奪おうとしていると思って、人にさえ飛びかかろうとする気配だ。

とっさのことで、二人とも身をかばう道具を持っていない。顔や首を、大鷲の鋭いくちばしや鉤づめで狙われたら、無傷ではすまないのだ。

大たまりが、狙い定めて飛び立とうとした、その時、松林の外で甲高い音がした。

「ヒューヨ、ピューヨ！」

大たまりの動きがふいに止まって、音の方を振り返った。また音が響いた。

「ヒューヨ、ピューヨ！」

水辺の鴨の鳴き声かと思ったが、どこかで聞いたような気がする。かも族の鳥飼いの笛だ！　大たまりはさっと身をひるがえして、飛び去った。跳ねうさぎが息を吐《は》いた。

「ふーう、やれやれ、助かった。もどって来ないうちに、中へ入ろう」

炭焼き小屋に入ると、跳ねうさぎは土間の壺《つぼ》から味噌《みそ》のようなものを取り出し、たまり次郎の傷口をふさいだ。

「念のためにつけておこう。月の目やおまえの友達だからな」

たまり次郎にはわかるのか、暴れもせずおとなしくしている。赤耳がたずねた。

「それは何？」

「濁酒《どぶろく》につけたヨモギの汁に、オオスギゴケやオオカサゴケを漬けた血止め薬だ。傷口が膿《う》んだり腐ったりするのを防いでくれる」

その時、小屋の戸口を誰かが「ドン、ドン」とたたいて、声がした。

「跳ねうさぎの親方、いるか？」

たまり次郎と赤耳を薪《まき》の後ろに隠してから、跳ねうさぎは答えた。

「おう、いるが、誰だ？」

外で、また声がした。

「俺だ！　からすだ。さざきの兄いの鷲が脚に傷を負った。薬を分けておくれ。兄いも、後からここへ向かっている。一足先に俺がすっ飛んで来た」

跳ねうさぎが戸口のつっかえ棒を外すと、からすが飛びこんで来て早口にまくしたてた。

「兄いが鳩を飛ばして、大たまりを仕込《しこ》んでいたら、大鷲が飛んで来て横取りしやがった。大たまりは怒って紐を切り、後を追いかけたが、傷を負ってもどって来たんだ」

赤耳が薪の陰から出て、抱いているたまり次郎を見せた。

「相手は、これか？」

からすはあっけにとられて、しばしポカンとしていたが、大声で叫んだ。

「何だ！　こんな所にいたのか！　鷲の赤耳！」

後からさざきもやって来て、背籠に入れた大たまりを跳ねうさぎに見せた。からすの言ったとおり、脚に裂《さ》かれた傷があり出血している。

跳ねうさぎとからすが手当てをしている間に、さざきが赤耳を小屋の外へ誘った。

「赤耳、何を考えている。かもの鳥船の奴らが、おまえと山くいのおじをさがしているんだぞ！　ここはあま族の行きかう場所だ。すぐに見つかるぞ」

赤耳はどう答えてよいかわからなかったので、大鷲の話をした。

「俺が昔、長老鷲の巣にさらわれて、お前たちが助けてくれた時、おまえが巣にもどしてくれた弱い方の子鷲をおぼえているか？　大たまりの兄弟だ。その子鷲に俺は出会って、たまり次郎と名付けたんだ」

さざきが驚いた。

「では、おまえが抱いていた白い大鷲、あれがあの時の……」

「そうだ、弱い方の子鷲は生きていて、大たまりと闘《たたか》って、今日傷を負ったようだ。大たまりも怪我《けが》をしたんだな」

ひとしきり長老鷲の子らの話で盛り上がった後、赤耳は気になってたずねた。

「さざき、おまえは何故ここへ来たんだ？　何故、こんな所で大たまりを仕込むんだ？」

さざきはしばらく考えこんでから、つぶやくように言った。

「昨日な、妙なことが起こったんだ。それを調べるために貝が山の磐座へ行った。大たまりを仕込むというのは、口実《こうじつ》だ」

第十九日　親無しっ子さざきの歌の話

　磐座と聞いて赤耳ははっとしたが、さざきは気づかず、なおも話し続けた。

「あま族の、稲魂の社の後ろの山にな、ご神体の大岩がある。それを磐座というんだ。その磐座に横穴があって、俺は鳥取さまと中へ入った。

　すると中に落とし穴があって、鳥取さまが落ちてしまわれたんだ」

　赤耳の目が大きくなったが、さざきは気づかずに話し続ける。

「中は外の風が届かず、明かりもすぐに消えてしまう。このままでは息ができずに危ういと思って、俺は引き上げるための蔦のつるを探しに出た。だが、できるだけ長い物をと探し回っている間に、時間を食ってしまったんだ」

　赤耳は、思わず声を出した。

「鳥取さまを、救えなかったのか？」

「いや、そうではない。だが、俺が横穴の入口にもどった時、すでに若君・鳥取さまは横穴から出て気を失い、倒れておられた……」

　赤耳がほっとしたような顔をすると、さざきはたたみかけるように言った。

「だが、どうもおかしい！　あの真っ暗な落とし穴から、普通の人間がどうやって出て来られるんだ？　若君は、息絶え絶えで倒れておられたのに、気がついた後も、どうやって出たのかを話してはくれないし、父君《ちちぎみ》にも報告はされなかった」

赤耳が返事をしないでいると、さざきはつぶやいた。

「穴に落ちたなどと、みっともなくて話せなかったのかもしれん。だが何か変だ。それで今朝早く、俺はもう一度磐座に行ったんだ。ところが動かしたはずの岩が元の場所にもどって、入り口が閉じている。もう一度岩を動かして中へ入り、縄梯子を見つけた。奥から縄梯子が引きずられた跡もあった。気を失っていた若君を、誰かが縄梯子につかまらせて引き上げ、そのまま引きずって、出口の外へ連れ出したんだ！」

さざきは、赤耳の目を見つめた。

「あんな真っ暗な地底で、そんなことが俺たちにできると思うか？　できるのはただ一人、よみの奴らしかない。赤耳、おまえ、鳥船《とりふね》に追われていた間、どこに隠れていた？　ひょっとして、よみの奴らにかくまって……」

赤耳は夢中になって叫んだ。

「俺はこもりの赤耳だ！　何故、よみの者たちにかくまってもらうんだ？」

さざきが怒りだした。

「俺に嘘をつくな！　俺は、おまえを長老鷲の巣から下ろしてやった時から、おまえを兄弟だと思ってきた。それに山くいのおじとくえ彦おじが話していた言葉も聞いたんだ。おまえは、耳の赤いよみの長の息子だろう？」

さざきは、情報を探るかも族のくえ彦の弟子で、かも族はあま族の鳥飼いをしている。赤耳がまた返事をしないのを見ると、さざきが言った。

「赤耳、俺はあま族の奴らのせいで、親を亡くして孤児になった。おまえも、生みの一族とはともに暮らせない。俺もおまえも、いや、仲間のとびやからすも、生みの親や一族の助けなど頼りにできないのだ。この世は不公平なことばかりだ。人狩りの匠が人を殺しても、他の一族の者を脅して奴婢にしても、正当な値を支払わずに物を召し上げても、それを止める者はいない。

若君鳥取さまの父君が長老鷲の脚を切り落とし、そのせいで長老鷲はもう生きてはいないだろうと聞いた時、俺は思ったんだ。いや、山の精霊は死んではいない！　その子鷲の大たまりとして生き延びているんだと。だって、木種の村の門番「川雁《かわかり》」が言っていた。精霊は鳥や獣だけでなく、全ての生き物に宿るって。俺たちだって、鳥や獣と同じ生き物だ。

だったら俺にだって精霊は宿るかもしれない！　今は非力で仇《かたき》のあま族の鳥飼いをしているが、あま族やかも族の上に立つ精霊のような大人になれるんだ！

家族や宝を脅して盗むような、人間の大人などになるもんか！」

赤耳は思わず言った。

「山の精霊が宿る？　そんな大人がいるのか？」

だがさざきは言った。

「俺は聞いている。こもりの長のすさのしなど彦さまが二百歳の命を保っておられるのは、人の身で山の精霊を宿したからだとな。どうすれば良いのかは、俺にもわからん。だが、きっとその術《すべ》を見つけてみせる！」

その時炭焼き小屋の戸が開いて、からすが飛び出して来た。

「兄い！　親方が金屋部まで炭を納めに行くから、朝倉まで荷を背負ってくれって！　その駄賃《だちん》に指笛をくれるって！」

後から跳ねうさぎも出て来て、手にした小さな笛を三つ見せた。

「これはな、長老鷲の脚の、指の骨笛だ。指は四本。そのうち一本は赤耳がたまり次郎を呼ぶ鷲笛だ。残り三本は漆《うるし》を塗った笛」

「俺はやっぱり、これだな」

からすが一番に取って吹いたのは、穴が二つある黒漆の笛で、押さえる穴の違いによって「カアカア」という高い音や、「ガアガア」という濁《にご》った音がする。さざきが「カラス笛だな」と笑って、自分は赤漆の笛を取った。一番長く、鷲笛より穴が多い。さざきが吹いた。

「ツリーリー、ツリーリ、ツピロロ・ツリリー」

からすが驚いたように叫んだ。

「川の歌い手・サザキの鳴き声だ！　兄いの守り手だ」

「サザキ」とは、一番小さい水鳥「ミソサザイ」のことだ。跳ねうさぎが笑った。

「水鳥の精霊の教えどおり、今、さざきは赤耳に自分の歌を聞かせていたようだな」

残りの赤と黒の縞模様《しまもよう》の笛を、からすが物欲しそうに指さした。

「これはどうするの？　俺らの仲間は三人で、もう一人はとびというんだけど」

跳ねうさぎが、残った笛を懐《ふところ》にしまって答えた。

「答えは精霊次第だ。とにかく傷が治るまで、大たまりはここで預かるからな」

第二十日　炭泥棒《すみどろぼう》の話

ささきとからすに荷を背負わせると、跳ねうさぎは赤耳の耳と顔、手足に炭の粉を塗りつけて言った。

「よいか、赤耳、俺の留守中にくど山から灰や炭粉をかき出して灰袋へつめておけ。顔の炭の粉を落としてはならぬぞ。

誰かが来たら松林の入り口の鳴子《なるこ》が鳴るようにしておくが、けして小屋の中へは入れるな。返事をせず寝たふりをしておれ。日の暮れない間に俺はもどってくる」

からすがおどけてからかった。

「大手《おおて》を振って、あま族の土地を歩けぬ身だからな、炭に変身して隠れておれよ」

背丈の倍もある大きな荷物をめいめいが背負っていなくなると、赤耳はすぐに裏に回ってくど山へ行き、灰かきで焚口《たきぐち》の灰をかき出した。灰が舞い上がり、息もできず目も痛い。

くど山の上の屋根を支える柱に、跳ねうさぎが使っている石頭巾が掛《か》けてあった。二枚ある。

親方の使う物を無断で使ってよいものか迷ったが、苦しさに負けて、赤耳は古いほうをかぶった。格段に息がしやすい。

そのまま一心に灰かきを動かしていたが、そのうち赤耳はふと気がついた。くど山の灰や炭粉は、かき出してから袋に詰めたのでは舞い上がり、体に悪い。それで開けられていたくど山の天井から中へもぐりこんで、直接灰袋にかき入れるようにした。

ところがもぐりこんですぐ、松林の入り口の鳴子が鳴った。まだ日の暮れには少し早い。跳ねうさぎなら、鳴子を鳴らさずに入ってくるだろう。誰か他の者が来たのだ。鳴子が鳴って跳ねうさぎの不在に気がついたなら、すぐに引き返すだろう。

赤耳は耳をすませた。足音が二つ小屋に近づいて来る！

不在を承知で中へ入りこむということは……。赤耳は迷った。小屋の引き戸が引けないと知ったら、侵入者は裏口に回り、裏口も跳ねうさぎの仕掛けで外から開かないと知って、立ち去るだろうか？

くど山には今盗まれて困る炭は残っていない。荷小屋にも、予備の薪が積んであるだけだ。それなら、このままくど山の中に隠れてじっとしているほうが安全だが……。

しかし赤耳は思い出した。荷小屋に大たまりとたまり次郎の籠が置いてあるのだ。足音が裏へ回って来た。声がする。

「稲利《いなり》さま、やはり留守のようでございますな」

苛立つ声が答えた。

「気のきかぬ跳ねうさぎめ！　今日でなければ、せっかくの商いがふいになるというに！」

「恐らく炭はみな、小屋の中に入れたものとみえます。灰がかき出してありますから、くど山にも残ってはいますまい」

「木津根《きつね》、荷小屋を調べろ！」

「荷小屋」と聞いて、赤耳はじっとしていられなくなった。主《あるじ》の跳ねうさぎが不在だと知って、無断で炭を持ち帰ろうとする奴らが、大たまりとたまり次郎の籠を見つけたら！　くど山の天井から、赤耳は無言で飛び出した。そこには、髪を二つに分けてみずらに結った男が二人立っていて、驚いたように赤耳を見た。あま族の男たちだ。

一人の男はまだ若く、赤耳を見てむっとしたように怒鳴《どな》った。

「何だ、灰坊《へぼ》か、驚かすな！　いるならいるで、声を出さんか！」

「灰坊」とは、かまど番のことだ。怒鳴った男の後ろにいるもう一人は、年配に見えたが、鋭い目が稲光のように光っている。その年配の男が言った。

「跳ねうさぎが不在なら、おまえでもよい。その荷小屋を開けよ。

炭があるかどうか調べたい」

跳ねうさぎが「隠れて寝たふりをしろ」と言ったにもかかわらず、赤耳は勇ましく首を横に振った。

「だめだ！　留守の時には誰も入れてはだめだと、親方に言われている！」

若い男が舌打ちをした。

「何も知らぬ山猿めが！　このお方をどなただと思う。珍の石屋部の長、あまの稲利さままでおられるぞ」

「こんな小僧に話しても無駄だ。木津根、荷小屋を調べろ！」

あまの稲利の命を受けて、木津根が荷小屋を開けようとするのに、赤耳は夢中で体当たりした。だが木津根の足元に転がされ、腹を上から踏みつけられて、喉元《のどもと》に剣先を突きつけられた。ゆがんだ木津根の顔が、いまいましそうに叫んだ。

「馬鹿めが！　卑《いや》しい灰坊の身で、よくも！」

そのすきに、あまの稲利が荷小屋を開けて中へ入り、一《ひと》あたり見回してからつまらなさそうにつぶやいた。

「炭はないな……。だが、あれは？」

すぐにつかつかと壁際に寄り、あまの稲利が「ほう！」と声をあげた。大たまりとたまり次郎の籠を見つけたのだ。あまの稲利は木津根を呼んだ。

「珍しいものがある。大鷲だ」

赤耳の喉から剣をひいて、木津根が中へ入った。やはり驚嘆の声をあげた。

「これは見事な大鷲ですな。しかも二羽も！」

赤耳は素早く立ち上がると、大鷲の籠の前に走りこんだ。

「これは、親方の物ではない！」

木津根が残忍そうに薄ら笑いを浮かべた。

「では、誰の物だと言うのだ？　これはおまえたち卑しい者が手にできるようなものではないぞ。それとも、どこからか、盗んで来たか？　盗みは、すぐに首はねの刑だぞ」

その時、荷小屋の入り口で声がした。跳ねうさぎが帰って来て、静かに言った。

「その大鷲は、かもの高角さまの鳥飼い部の飼い鷲でございます。傷の手当を山田のくえ彦から頼まれ、今預かっております。

灰坊が無礼をしましたようで、お詫び申し上げます。金屋部からただ今もどりました。ご用の向きを承りましょう」

五日間、老人Ｙはかずきを相手に物語を続け、かずきはその内容を看護日誌に記録した。

＊＊＊＊＊＊＊＊＊＊＊＊＊＊＊＊＊＊＊＊＊＊＊＊＊

【看護日誌――老人Ｙの話　第四週あらすじ】

山くいと赤耳が、こもりの跳ねうさぎの、炭焼き小屋へ寄っていた間のことだ。かも族の若君・鳥取とこもりのさざきは、磐座の地下へ入りこんで、鳥取が落とし穴に落ちてしまった。ところが蔦のつるを持って、さざきがもどってみると、鳥取は落とし穴から地上に出て倒れていた。地底の川にもどった月の目が助けたのだった。そのことを知らないさざきは不審に思い、あくる日また磐座を調べた。その間に長老鷲の子・大たまりがもう一羽のたまり次郎を追い、さざきはくど山の赤耳と再会する。跳ねうさぎから長老鷲の指笛をもらったさざきとからすは、跳ねうさぎとともにあま族の金屋部へ出掛けた。一人留守番をしていた赤耳は、侵入してきたあま族の人狩りの匠たちに、殺されそうになったが、もどって来た跳ねうさぎに救われた。

この話をした後、明くる土曜・日曜と老人Ｙが目を覚まさないので、医師が呼ばれたが、「異常はない」とのことだった。診断通り、月曜の朝に老人Ｙは目を覚まして朝食を食べ、かずきを相手に、再び物語の続きを話し始めた。

第五週　巣立ちの時の話　山くい73歳、赤耳13歳

第二十一日　赤耳が灰坊の長すねになった話

あま族の二人が、跳ねうさぎと小屋の中へ入ると、赤耳は息ができないほどにガタガタと体がふるえて、怒りのために大声で叫び出したい衝動《しょうどう》に襲われた。そんなことは初めてだった。主のいないくど山で、勝手に炭を探す者を止めようとするのは、当たり前のことだろう。それなのに力づくで押さえて、命までも簡単に奪おうとする者に、何故跳ねうさぎの親方は怒らないのだ！

しかしこもりの子として育てられた赤耳は、大声を出すという習慣を知らなかったから、怒りは声とはならず、地の上を転げまわる事しかできなかった。山で大声を出せば、獣や人狩りの匠を引き寄せてしまう。そんな危ういことをしないよう、こもりの子どもは骨の髄《ずい》まで教えこまれるのだ。

とうとうくど山に転がりこんで、赤耳は全身炭の粉まみれになって、声を殺して泣いた。赤耳の心には自分への怒りさえ渦巻《うずま》いていて、誰か知らない者が心の中で叫んでいた。

「何で、俺は子どもなんだ！　何で、俺はそうなんだ！」

だが赤耳はふと気がついた。今の自分を変える方法を、自分では思いつけない。潮がひくように怒りが消えた。しばらくしてくど山の外で人声がし、跳ねうさぎが呼んだ。

「おい、灰坊、稲利さまがお帰りだ。炭を運べ！」

赤耳が出ていくと、そこにいたあま族の二人と跳ねうさぎが、そろって大笑いした。木津根が言った。

「稲利さま、ご覧くだされ、頭のてっぺんから足の先まで灰だらけ。まるで人の形をした炭のようですな」

あまの稲利が言った。

「大した度胸《どきょう》だ。喉に剣をあてられても、灰坊の仕事を続けられるとはな。それに随分背が高い。何歳だ？　名前は？」

赤耳がくど山の中で泣いていたとは、誰も思っていないのだ。「答えるな」と赤耳の目をにらんでから、跳ねうさぎが代わりに答えた。

「十三歳になります。こもりの者ですが、まだ名前はございません」

あまの稲利が笑った。

「そうだろうな。まだ子どもだ。あま族にだめだなどと言うような、大人はいないからな。では今日から大人になれ。わしが名をつけてやろう。

十三歳にしては目立つ背の高さだ。長すねと名乗れ！」

赤耳が小屋の中から十束の炭を運ぶと、森の入り口に馬がいて、荷車につながれている。以前、雨宮の祠を横切った時、赤耳が奴婢のふりをして引いた、あの獣だ。

木津根が得意げに言った。

「馬を見たのは初めてか？　こもりの者には、珍しい獣であろう？

狭《せま》い山道で、荷車を引いた馬を自在に使えるのは、あまの稲利さまと俺くらいなものだ」

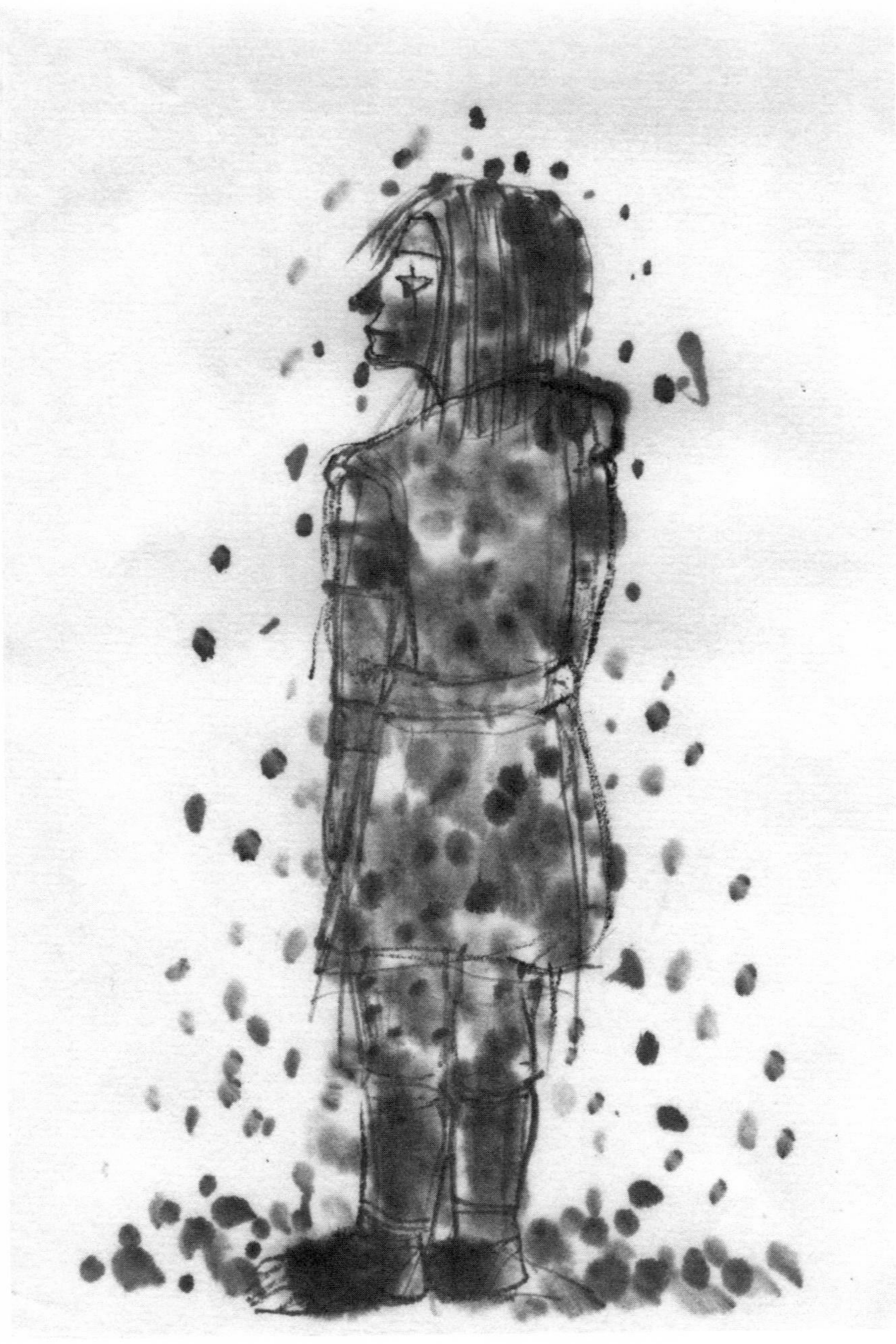

あま族の二人が去ると、跳ねうさぎが赤耳の喉を調べて言った。

「傷はついているが、深くはない。首の横には大きな血の道がついていて、そこを傷つけられたら全身の血が噴き出し、あっという間に死ぬことになるぞ。おまえが俺の石頭巾をかぶっていて、灰坊とまちがわれたから奴らも手加減《てかげん》したのだ。刀を持っている者に近づく時は、いつでも飛び離れる用意がいる。用意もせずに動く癖《くせ》は捨てろ！」

三日経った朝、からすがくど山の小屋に来た。

「親方、昨日、鳩信《はとぶみ》をくれたんだって？　随分早いけど、大たまりの傷は治ったのか？　急いでいるようだとさざきに言われて、夜中に出たんだ。

さざきは鳥取さまに呼ばれているから、俺ととびで連れて帰る」

からすの後から、ひょろりとしたとびが入ってきて、ぎこちなく頭を下げた。それを横目で見て、跳ねうさぎが言った。

「泥棒がうろうろしていてな、大たまりが盗まれるかもしれん。塗り薬を持って、早く連れて帰れ！人目に触《ふ》れぬよう、籠に覆《おお》いをつけろ！」

「わかった。だけど、少し休ませてくれよ。この前話したろう？　とびに、長老鷲の指笛を見せてやってもらえないか？　どんな音色か聞きたいよ」

からすが抜け目のない顔で言うと、跳ねうさぎが不機嫌《ふきげん》な顔で答えた。

「おまえに付き合っている間に、大たまりが盗まれてもよいなら、そうしろ。指笛の持ち主は、長老鷲が決めると言ったのを忘れたのか？」

赤耳は首に巻いた布と血止めのヨモギ葉を取って、からすととびに傷を見せた。からすととびの顔色が変わって、そそくさと帰り支度《じたく》を始めた。大たまりの籠をとびが背負い、その上から葛の茎を編んだむしろで包んで隠したのだ。

からすが言った。

「赤耳、またな！」

跳ねうさぎが二人に言った。

「さざきにも言っておけ。三日前、赤耳という子どもは首を切られて死に、長すねという名の灰坊に生まれ変わったとな。今日から、けして赤耳と呼んではならぬ。

よく覚えておけ！　わしの言いつけはすさのしなど彦さまの言葉だ。それを軽んじれば、これから先、こもりの助けをもらうことはできないとな」

からすととびが、松林から飛ぶように出ていくと、跳ねうさぎが赤耳に言った。

「灰坊の長すね、たまり次郎を山に放て！　一日に一度、夜明けに鶯笛で呼んで、傷をみてやろう」

赤耳が松林の裏山に放つと、たまり次郎はしばらく木の上でじっとしていたが、すぐに翼を広げて、大空に舞い上がった。その様子を見て、跳ねうさぎがつぶやいた。

「傷はもう良いようだな。大空が守ってくれるだろう……」

その時赤耳の耳に、山を駆け登る獣のひずめの、遠い音が聞こえた。北の方から登ってくる！　鹿のひずめか？　いや、鹿は身体が軽く用心深くもあるから、こんな激しい地鳴りを起こさない……。そうだ！　あまの木津根が自慢《じまん》していた……。

「馬だ！」

赤耳はそう叫んでから、素早く荷小屋の屋根に上った。しばらくすると、松林のはるか向こうにちらちらと馬の姿が見えた。こちらに向かって来る。

このくど山に来ようとしているのか？　赤耳は跳ねうさぎに言った。

「誰か乗っている！」

第二十二日　大鹿の妖術《ようじゅつ》の話

跳《は》ねうさぎが赤耳に言った。

「あまの木津根かもしれぬ。あま族は執念《しゅうねん》深い奴らだ。

また大鷲を狙って、何だかんだ言いに来るかもしれぬ。

おまえは、裏山に隠れておれ。木津根が来ても、出てきてはならぬぞ」

赤耳は、すぐに荷小屋の屋根から下りた。裏山に駆け上がって木々の間に身を潜《ひそ》めている間にも、馬のひづめの音が近づいて来る。馬に木津根がまたがっているのが見えた。だが、くど山の入り口をそのまま通り過ぎて、街道を駆け抜けた。

「良かったな、うた野へ行くようだ」

跳ねうさぎが言ったとたん、赤耳が叫んだ。

「さっき、からすととびが大たまりを背負って歩いて行った道だよ！　もし追いつかれて、大鷲に気づかれたら！」

「木津根は二人を知らぬ。まさか、そんなことは……」

跳ねうさぎは首を横にふったが、赤耳は黙らなかった。

「木津根は酷《むご》いことを平気でする奴だ。二人が危ない！」

赤耳は裏山から飛び出して、街道めざして駆けだした。跳ねうさぎが叫んだ。

「待て！　馬の脚に追いつけるものか！　裏山を越えて近道しろ！　もし追いついても、あまの奴らと争うな！　後から俺も行く！」

赤耳が裏山に駆けもどるのを見てから、跳ねうさぎは小屋に入り、手斧《ておの》を腰にさして矢筒《やづつ》を背負い、弓を片手にかかえた。間に合うかどうか、いや、襲われるかどうかさえわからないが、用心にこしたことはない。

一方、裏山に駆け上がり、四つん這《ば》いになって越えた赤耳は、尾根を伝って街道を見下ろしながら急いだ。木津根の姿はなかなか見えない。

あま族の湯屋へ行く道と、うた野への道の分かれ目にある水分《みくまり》の祠が見え始めた頃、やっと馬の姿をとらえた。馬に乗った木津根が、下の街道の中央に立ちふさがっている。

だがからすとびの姿がない。しかも驚いたことに、沢山《たくさん》の鹿の群が前方をふさいでいる。馬も木津根も、鹿に邪魔《じゃま》されて前へ進めないのだ！

赤耳は跳ねうさぎの言葉を守って、あまの木津根と争わぬよう、木陰に隠れながら崖《がけ》を下りて行った。やがて木津根を通り越して、鹿の群の側へ行く。

木津根の前に立ちはだかっている鹿たちは、今まで見たどの鹿よりも大きく、馬さえも怖がっている様子が見てとれる。その大型の鹿の群が一斉《いっせい》に頭を下げて、大きな角を木津根に向けているのだ。

その群の中央の一頭に、笠をかぶった見知らぬ女がまたがっていて、その陰に何かいるようだが、鹿に隠れてよく見えない。

女が、手にした木の枝を振り上げた。鹿たちが木津根に向かって走り出した。馬が怯《おび》え、木津根を乗せたまま後退すると、くるりと背を向けて元来た方へ一目散《いちもくさん》に逃げだした。大声で制する木津根の声も聞こえないようだ。馬の姿が見えなくなると、赤耳は下の道に向かって呼んだ。

「からす、とび、いるのか？」

その時、奇妙なことが起こった。今まで見えていた大鹿の群がぱっとかき消すように消えて、道に倒れているからすととびが見えた。その側にいるのは、ただ一頭の大鹿だけで、それにまたがっている女が答えた。

「この者たちの、知り合いか？」

答える暇も惜しんで赤耳が道に出ると、からすが起き上がって声をあげた。

「赤……、いや、長すね、俺たちが襲われたこと、何故わかった？」

「あまの人狩りが、馬で行くのが見えたんだ。大丈夫《だいじょうぶ》か？」

「俺はかすり傷だが、とびはひどくやられた！」

そう言いながらからすは、地面に投げ出された籠の上におおいかぶさっているとびを、抱き起こした。とびの額と腕から血が流れ落ち、衣服がぱっくりと割れて、背からも血がにじんでいる。だがとびが言った。

「安心しろ。ささきの大たまりは無事だ！」

からすも言った。

「馬に乗った奴がすれ違った後もどって来て、俺たちにどこの者だと聞いた。かもの鳥飼い部の者だと言うと、とびの背負った籠の中を見せろと言うんだ。跳ねうさぎの親方が言っていた泥棒だとピンときた。林に逃げこもうとしたら、泥棒は馬の上から腕を伸ばして、背負った籠を引きつかんだ。それを引きもどそうと、俺はとびの脚にしがみついた。

泥棒の手から籠は離れた。だがムチで打たれ馬の脚で蹴られ……。

ところが急に馬の脚がとまった。馬が仁王立ちになったんだ。それから、知らないうちに泥棒がいなくなって、側にこの小母《おば》さんがいたんだ」

大鹿にまたがった女が言った。

「そうか、かもの鳥飼い部の者か。山田のくえ彦は変わりないか？」

からすがうなずくと、女は大鹿から降りて、代わりにとびを乗せた。

「山田のくえ彦の手の者を助けたとは、何かの縁《えん》じゃな。

ついでにねぐらまで送ってやろう。この鹿の名は『はばき』という。これに乗って行き、ねぐらに着いたらはばきの首をたたけ。一人で帰るように仕込《しこ》んである」

からすが礼を言うと、女が細長い木の葉を取り出して言った。

「もし途中で、また難儀《なんぎ》な目に会ったら、このナギの葉を口に噛《か》め。先ほどのようにはばきが大鹿の群

となって守ってくれるわい」

からすととびが出発すると、女が赤耳に言った。

「長すね、という名だったか？　おまえのねぐらは、あ奴らとは違うのか？」

その時、赤耳は気づいた。笠の下の髪から出ている、女の両耳が赤いのだ。自分以外に耳の赤い者に会ったのは初めてだったから、赤耳は目を点にして口ごもった。

「お、俺は……、くど山の灰坊だ」

女は赤耳の顔をしげしげと眺めてから、つぶやいた。

「おまえとは、また出会うことになるようだ」

女は徒歩で水分の祠の方へ歩き出したが、その歩みの速さは普通ではない。思わずぞっとして赤耳が立ちつくしていると、後ろから跳ねうさぎの声がした。追いついていたのだ。

「長すね、今の妖術を見たか？　あのお方が『妖《あや》かしのなぎさま』だ」

第二十三日　指笛の絆《きずな》の話

とびとからすが、妖かしのなぎに救われた半月後、赤耳のいるくど山にささきが来た。とびとからすも一緒だ。

親方の跳ねうさぎに挨拶《あいさつ》した後、三人は荷小屋に来た。赤耳が薪を割っていたからだ。ささきが言った。

「とびとからすが世話になった。助けに来てくれたんだってな」

「助けようと飛び出したが、間に合わなかった。とびの傷はもう良いのか？」

赤耳がそうたずねると、とびが珍しく冗談《じょうだん》を言った。

「あちこちにムチの刺青《いれずみ》が入って、俺も一人前の男だ」

ささぎが言った。

「昨日、俺はかもの鳥取さまに呼ばれた。鳥飼い部の飼っている大鷲を譲ってくれと、珍の石屋部の長が、高角さまに申しこんで来たそうだ。高角さまは大たまりのことをご存知《ぞんじ》でなかった故、山田のくえ彦おじを呼ばれた。まさか奴婢の我らが飼っているとは言えず、くえ彦おじが返事に困っているとみて、鳥取さまが代わりに返事されたそうだ。

私が見つけて飼わせていますが、大きすぎて飼い鷹《ダカ》には向きません、となとびが言った。

「でも、その後、俺たちは三人とも鳥取さまに呼ばれて、何故、珍の石屋部の長が大たまりのことを知っているのかと、問い詰められた」

からすが言った。

「兄貴《あにき》は、鳥取さまには内緒で磐座を調べに行ったんだから、本当のことを言う訳にはいかない。それに鳥取さまも高角さまも、大たまりが長老鷲の子どもだとは知らない。それで仕込《しこ》んでいる時に帰って来なくなり、探したら怪我《けが》をしていて、跳ねうさぎの親方に預けたと言ったんだ」

ささぎが言った。

「だが鳥取さまは頭の切れるお方だ。今まで飼い鷹には向かないと言って、関心を持っておられなかったのに、今度の申し入れで大たまりに興味を持たれたようだ。このままでは、本当に鳥取さまの飼い鷹にすると言われるかもしれぬ」

赤耳は念を押した。

「ささきは、大たまりをさし出したくないのだな?」

ささきがうなずくと、赤耳は言った。

「俺のたまり次郎も、飼い鷹には向かぬ。長老鷲の子どもはみな山の精霊だ。人の友達にはなれるが、飼える鳥ではないのだ。だから俺はたまり次郎を空に放した。会いたい時は鷲笛で呼ぶ」

ささきの顔が明るくなった。

「それなら、俺にもできる。そうだった! 俺にはサザキ笛がある! おまえが言うように、山の精霊・長老鷲の子どもを持ち物になどできるか!」

そこへ跳ねうさぎがやってきて、ささきに言った。

「くえ彦おじの手紙を読んだ。からすととびを、今後、なぎさまに預けたいそうだ。ささきは、かずら山の鳥船屋形《とりふねやかた》へ移れとのことだ。鳥取さまつきの鴨飼《かもか》いになるそうだ」

からすが緊張した顔つきでつぶやいた。

「俺たち、ばらばらになるのか?」

ささきが言った。

「そうだ。いよいよ、仕事が始まる。もう、子どもではないのだ」

とびが不安そうに言った。

「さっき俺は、一人前の男だと言ったが、急に子どもではないと言われても……」

赤耳もうなずいた。すると四人の顔を見て、跳ねうさぎが言った。

「これからお前たちの前には、様々な業親が現れる。だが、それはみなお前たちの精霊が、姿を変えてやって来たのだと思え。精霊はお前たちの味方《みかた》ではあるが、厳しい試練を強《し》いる恐ろしい力の源でもある。その力に打ちのめされて生き抜けぬ時は、長老鷲の指笛を吹け。必ずお前たちに救いの道が現れる」

跳ねうさぎは、とびに赤黒縞模様の指笛を握らせた。最後の四本目の指笛だ。

「とび、これはおまえの物だ。吹いてみろ」

とびが吹くと、空高く「ピーヒョ・ピーヒョロロ」と鳴り渡った。

「トビ笛だ！　トビが翼を広げて、大空で鳴く声だ！」

そうからすが叫ぶと、跳ねうさぎが言った。

「生き物にはみな、巣立ちの時がある。おまえたちも今日がそうだ。だが四人の絆は、この指笛でつながっている。長老鷲の力の救いが来ることを、疑ってはならぬぞ！」

さざきが急いでくど山を立ち退《の》いた。かずら山の鳥船屋形へ行く前に、鳥飼い部にいる大たまりを放してやるためだ。その後、跳ねうさぎの連れ合いのかぐやがやって来て夕飯を食べさせた後、からすととびを連れて、どこかへ去って行った。

かぐやの後をついて行く二人は、不安そうに何度も後ろを振り返る。

赤耳はたずねずにはいられなかった。

「何故、かぐやが来たの？　からすととびは、何故、妖かしのなぎさまの元へ行くの？」

跳ねうさぎが答えた。

「精霊でもない俺に、理由などわかるか！　かぐやだって理由などわからずに、ただ自分の役割を果たしているだけだ。だが、それではおまえも納得《なっとく》できないだろうから、一つだけ教えてやる。妖かしのなぎさまは、かぐやと同じよみの一族だ。だが地底の宝を掘るたつびとではなく、地上で薬草を育てる、妖かしと呼ばれるお人たちだ」

「では、からすととびは、あの大鹿はばきの妖術を学ぶのか？」

赤耳がそう言うと、跳ねうさぎが笑った。

「妖術使いに預けられたからといって、皆が皆妖かしの業を覚えられるとは限らない。おまえだって、灰坊のなりをしていても、かまど番は苦手であろう？」

「では何故、山田のくえ彦おじは、妖かしの人たちを知っているの？」

「くえ彦おじも山くいのおじも、今何歳だか知っているのか？　お前より六十歳も年上の、七十歳をとっくに超したおじじさまたちだ。わしとてもその半分しかこの世に生きてはおらん。そのくえ彦おじが決めた理由など、俺やお前がどうやって知るのだ？」

第二十四日　古いよみ族の話

さて、かぐやがからすととびを連れ去った後、わしは大天井の峰々を見ながら、その奥の行者道《ぎょうじゃみち》を歩んでいた。この南の山々は山神の台場《だいば》にも近く、雨の多い場所だった。そのためかも族も鳥船を飛ばすことができず、移動を馬に頼っているあま族も近寄れない場所だった。だが、わしらこもりの者には、有用な木や草を調達できる大切な場所で、「山神の庭場《にわば》」と呼ばれていた。春夏秋冬分け入って調べ、庭場の状態を報告するのも、わしら木魂の仕事だったのだ。

とは言っても「山神の庭場」は、わしらこもりだけが気ままにできる庭ではない。先住の民よみ族の庭場でもあった。ただよみ族は木々を守り育てることはあまり得意ではなく、山々の足元に隠されている、地底の宝を守っていた。「山神の庭場」と、その北側にある大天井の峰々の洞から地下へ下りて、石や水銀、金、銀、鉄、銅などの地底の宝を掘り出していたのだ。その地底の宝を使ったからこそ、かも族の鳥船も空を飛べたのであるし、家々の柱が腐るのを防いだり、雨水にも腐らない屋根をこしらえたり、火を防いだりすることができた。代々のよみ族の長も、大天井の谷の竜の室に住んでいたのだ。わしが赤耳を拾った場所だ。

しかしよみの女たちが身にまとう飾りの、「珍の石」の美しい輝きが、あま族の心をひきつけた。そのために、よみ族はあま族に奴婢にされたと言ってもよい。

よみ族の男は大天井の山々の鉱山に囚われ、よみ族の女はあま族の「いわれ」の地に集められていた。稲田で働くだけでなく、あま族の金屋部や珍の石屋部で、宝の加工をさせられていたのだ。「奴婢ではないよみ族など、もういない」と考えられていたが、それは真実ではなかった。

我らこもりとよみ族は、あま族と違って一番後に生まれた子を跡取りとする。そのため弟妹《ていまい》たちが成年に達すると、先に生まれた子は生まれた土地から離れて他所へ行く。そうした年長のよみ族の者たちは、「山神の庭場」の薬草を、大昔から採取していた。今あま族に囚われているいざ波の一族とは別に、兄姉《けいし》に当たる古いよみ族が、「山神の庭場」に隠れ住んでいたのだ。薬や、時には毒をも作る古いよみ族の人々、その人々を「妖《あや》かしのお人たち」と呼んで、わしらこもりは礼儀を払っていた。先住のよみ族の草の知識は、後から移住してきたわしらの知恵をしのいでいて、「医師《くすし》」としても「妖術師」としても、恐ろしささえ感じていたからだ。

その一人が、不見岳《ふけんだけ》の笙《しょう》の窟《くつ》に住む、「よみのおかめ」だった。

あま族の稲田王が殺した、先代のよみの長・いざ波の伯母《おば》だ。よみのおかめは、早くからわしらこもりとなじみ、こもりの火男《ひおとこ》と連れ合いになった。よみのおかめは、火男に炭焼きの業やくど山の作り方を教え、火男はわしらこもりの民に教えた。炭焼きは片目で見て火の温度を計る。長い年月閉じていた片目は開くことなく、火男は「一つ目」と呼ばれて火知りの祖となったのだ。

よみのおかめは、わしらが呼ぶ「妖かしのお人たち」の祖となったお方だ。それはわしらの祖父母や親の時代の話だったが、連れ合いとなったこもりの一つ目の火男だけはまだ生きており、百二十歳に近いと聞いていた。

わしはその火知りの祖へ、すさのしなど彦さまから預かった包みを、持っていかなくてはならなかった。中身は、わしが見つけてしなど彦さまにさし出したものだ。目的地の笙の窟は、不見岳の中腹の山中に口を開けている。行者道を上がって、行者山《ぎょうじゃやま》、山神岳《やまがみだけ》の尾根沿いを歩き、不見岳に立ち入る。一つ目の火男は、弟子の「火知り」たちから「庭場行者《にわばぎょうじゃ》」と呼ばれていたために、「行者道」という名前さえできたのだ。

笙の窟は深い森に囲まれていて、すぐには見えない。しかしわしらは木の種類で、その在り処《あか》を見つける。ナギの木が目印なのだ。ナギの木は、よみ族が南の海を渡って、この島にたどり着いた時持ちこんだ南方の木だ。よみ族は住処《すみか》のまわりに植え、その木で小屋の柱や船や棺《かん》おけまで作ったと聞いている。その実の油は、灯火に使われた。「山神の庭場」にはナギの木が多いのだ。

さてナギの大木の続く森に入ると、わしは大鹿の大群に囲まれた。山に鹿はつきものだと思うかもしれないが、ナギの木の森となると話は別だ。ナギの木には、幹にも葉にも実にも、すべて毒が含まれていて食べることができない。そのことを鹿は知っているから、鹿の大群がいるはずがないのだ。

それに南方の木々が森を作るような場所に、大鹿などはいない。つまり普通の鹿を大鹿に見せる「妖かし」が施《ほどこ》されているのだ。その「妖かし」を破る技はただ一つで、よみ族が使う毒消し「破妖丸《はようがん》」を

口にふくむことだ。

するとあたりにいる大鹿の姿が消え、飼われている普通の鹿が数頭見えた。足元に続く踏み分け道も見えるようになる。その道を行って、わしは笙の窟の入り口にたどり着いた。ナギの葉の香りがする。ナギの葉は侵入者に幻を見せるのだ。洞窟の岩を鉈《なた》で打って、わしは「カンカン」と音をたてた。しばらくすると中からも「カンカン」と音が返って来た。「入ってもよい」という合図だ。中は天井の高い洞窟で、火が焚《た》かれている。「妖かし」を作り出すナギの木の焚火《たきび》だ。

その洞窟の一番奥に山神の祠があり、祠の前に三段の供物台《くもつだい》がある。わしは供物台を奥へと押した。供物台が祠の中にしまいこまれて、地下への入り口が開く。ゆるい坂を下りると天井の低い洞窟があり、一つ目の火男が座っていた。褐色の衣《ころも》を着た、枯れ木のようにも見える老人だ。片目は深いしわのように閉じられていて、開いた片目も黄色く濁っている。その側に先客がいる。少年を連れた女だ。三人が同時にわしを見たが、一番初めに少年が声をあげた。

「山くいのおじ！　どうして？　何故、ここに来たの！」

少年や女が誰かもわからず、わしがとまどっていると女が挨拶した。

「おじ、わしだ。なぎだ。久しぶりだが、おじはちっとも変わらぬ。もう十年以上になるかな、わしを山神の台場に逃がしてくれたのは……」

その言葉でやっと、わしは思い出した。「先代の長・いざ波が殺された」という知らせを受けた時、庭場にいた妖かしの人々に知らせ、まだ若かったなぎを逃がしたのは、わしだったのだ。少年も言った。

「おじ、俺だ、山田のくえ彦おじの元に行かせてくれた……」

少年の、人なつっこいどんぐり眼を見て、やっとわしも思い出した。からすだった。

第二十五日　コウモリ茸《タケ》の話

何故こもりのからすが笙の窟にいるのか、わしはたずねたいと思ったが、先に一つ目の火男が言った。

「山くい、今日は何を持って来たのだ?」

わしは、すさのしなど彦さまから預かった包みをさし出した。一つ目の火男は枯れ枝のような指で包みを開き、一瞬目を鋭くしてから、妖かしのなぎにたずねた。

「わかるか?」

なぎも包みの中を見たが、すぐに顔を背《そむ》けて手の甲で鼻をおさえた。

「蝙蝠《コウモリ》の糞《ふん》の粉が舞っている。だが、少し良い匂《にお》いがするが」

わしには何の粉も見えず匂いもせず、見つけた時のように黒くて小さな茸《キノコ》があるばかりだ。一つ目の火男がわしにたずねた。

「これを、どこで見つけたのだ?」

「大天井の山々の谷の河原に、朽ち果てて骨ばかりになった骸《むくろ》があり、そのまわりに生えておりました」

なぎが即座に言った。

「骸とは、人の死体のことか? これは、蝙蝠の死体に生えるコウモリ茸そっくりだ。だがコウモリ茸は、陽光のあたる場所で生えることはないし、人の骸に生えているなど聞いたこともない」

一つ目の火男が、わしに念をおした。

「谷の河原に生えていたのだな？　洞窟の中ではないのだな？」

わしがうなずくと、一つ目の火男はなぎに言った。

「陽光の下で人の死体に生える茸で、コウモリ茸に似ているものがあるか？」

話すにつれて、まるで枯れ木のようだった一つ目の火男の顔に血色がもどり、逆になぎの顔色が青ざめた。

「じじさま、もしかして、その骸は、蝙蝠と同じ病《やまい》を生じて、亡くなった人の体だということですか？」

二人の話がわからなくて、あっけにとられているわしとからすを見て、なぎが言った。

「蝙蝠は、洞窟の中には所せましといる。寿命などくわしいことはわからぬが、死んだ後、その死体にコウモリ茸の生えていることがある。

コウモリ茸の生えている死体はよく太っていて、普通は死ぬような体ではない。だから生きていた時からコウモリ茸が生えていて、そのせいで死んだと考えられているのだ」

一つ目の火男の目に松明のような光が宿って、なぎに言った。

「山くいに案内してもらって、すぐにその骸を調べよ」

なぎが言った。

「山くいのおじ、来たばかりですまぬが、わしは気がせく。よみの地底の道を案内するから、わしをその場所へ連れていってくれ」

からすが、心細そうに言った。

「なぎさま、もう行くのか？　俺は、ここで何をすればよいのじゃ？」

「おまえは、わしのじじさまのお世話をせよ。日に二度食事を作り、じじさまの言いつけなさったことをするのじゃ」

「それだけか？　とびは、なぎさまの住処で薬畑の世話を習い、空の鳥の種類と数を数えよと命ぜられ

た。わしは何を習うのじゃ？」

からすが不満そうな顔をしたので、わしはからすが笙の窟へ来たわけを察した。山田のくえ彦の計《はか》らいなのだ。

だがかもの隠忍の山田のくえ彦が、よみ族のなぎに二人を預けた理由がわからない。よみ族の妖かしのお人たちは、あま族やかも族に知られてはいない人々のはずなのに、何故山田のくえ彦は知っているのだろう？

妖かしのなぎに続いて、笙の窟の奥の穴道を下りようとすると、からすがわしらに松明を渡して言った。

「山くいのおじ、もし赤耳、いや違った、今は長すねと言わなくちゃいけない。長すねに会ったら、俺ととびの居場所を教えてやってくれ。俺たちはそれぞれの業を習って、必ず一人前になるから、おまえもがんばれと言ってくれ」

笙の窟の奥に続く穴道はかなり狭い。しかも急な梯子のように真っ直ぐ下へとおりていく。所々行き止まりとなり、左右どちらかのわき道にそれて、また石の梯子をおりる。だがいつも下から風が吹き上がり、松明が消えることはない。

ついに水の音が聞こえてきた。先を行くなぎが足元の板戸を「どん！」と蹴ると、板戸が開いて暗闇が広がり、今度は木の梯子がおりている。

なぎが、足の下の空間を照らした。思いがけなくも、大きな洞窟が広がっている。

木の梯子は岩壁の平たい場所のあちこちからかけられていて、そのいくつかを下りると砂地に下り立った。砂地の中央に川が流れている。以前によみのかぐやと乗ったような小舟が、砂の上に引き上げられている。わしとなぎは小舟を持ち上げて川に入れ、なぎが櫂《かい》を取った。よみ族でも、妖かしのお人たちは夜目が利かないらしく、なぎが言った。

「おじ、舳先《へさき》に座って前方を照らしてくれ。所々水量の少ない早瀬がある。

三つ早瀬を越えたら鶏冠山《とさかやま》の穴口に出て、後は地上の川沿いに大天井の谷をさかのぼる。目的の河原まで、わしを案内してほしい」

よみの穴道は、この大地の地下をどこまでも張り巡らされていて、蜘蛛《クモ》の巣のようだと噂《うわさ》では聞いていた。その一つを進むのだと思うと、老いたわしでさえ胸が高鳴る。だがなぎの言ったことを胸の内で確かめながら、わしは水先案内の役目に集中した。

やがて信じられないほどの速さで、わしらは鶏冠山の穴口に出て、続いて竜川をさかのぼった。山々の形を見ながら、大天井の下の河原まで移動し河原に上がる。

周囲の鉱山にいるあま族の目につかぬよう、小舟を葦原《あしばら》に隠して、わしらは河原の草むらを調べ始めた。ものの半刻《はんとき》ほどして、なぎのほうが先に叫んだ。

「やや、何か匂いがするぞ！　良い香りじゃ。おじ、あった！　あったぞ、確かに人の骸に茸！　おじの言った通りじゃ！　しかも、あまの人狩りの鎧《よろい》を着ている。

だがコウモリ茸は、こんなに黒くはないし、香りもないはずじゃ……。似てはいるが、別の茸かもしれぬ。調べてみよう」

ふと、わしは思った。あま族に何か異変が起こっているのか？

五日間、老人Yはかずきを相手に物語を続け、かずきはその内容を看護日誌に記録した。

【看護日誌——老人Yの話　第五週あらすじ】

赤耳は、跳ねうさぎの炭焼き小屋で、あま族の人狩りの匠たちに殺されそうになった。しかし珍の石屋部の長・あまの稲利に気に入られて、「長すね」という名をもらった。稲利と部下の木津根は、長老鷲の二羽の子鷲にも関心を示し、子鷲を運んでいたからすととびを襲う。その二人を救ったのが、妖術使いの妖かしのなぎだった。こうしてさざきも交じえた親無しっ子三人組は、それぞれの仕事を見習うため、それぞれの場所に離れて行く。

その後山くいは、南の山々にある笙の窟と呼ばれる洞窟に入った。そこは火知りの祖である一つ目の火男の住居だった。山くいは妖かしのなぎとこもりのからすに再会し、あま族の死体に生えていた茸が、新種の茸だと知った。「何かの異変の前触れではないか」と、山くいは感じたのだった。

****

この話をした後、明くる土曜・日曜と老人Yが目を覚まさないので、医師が呼ばれたが、「ただ眠っているだけで異変はない」とのことだった。診断通り、月曜の朝に老人Yは目を覚まして朝食を食べ、物語の六度目の続きを話し始めた。

第六週　あまの大巫女《おおみこ》の話　　山くい75歳、赤耳15歳

第二十六日　炭を選ぶ赤い小蛇《コヘビ》の話

わしが一つ目の火男の笙の窟で、妖かしのなぎとからすに再会してから二年がたった。もう冬が近いと感じた霜《しも》の月の冷えこむ朝、赤耳はあま族の金屋部に炭を納めに出ていた。

赤耳は十五歳になっていて、くど山の灰坊の「長すね」という名で、あま族に知られ始めていた。赤耳の耳が赤いことは、誰にも気づかれていなかった。こもりの男は、わしのように白髪になっても髪は束ねず、おかっぱ髪のままでいたから、耳がいつも隠れているのだ。わしらの頭を見て、「まるで子どものような童子髪《どうじがみ》だ」と、あま族はいつも嘲《あざけ》る。

ところで、金屋部とは「金屋《かなや》」のある役所のことだ。金屋は、あまの稲魂の社の山続きの斜面にあって、煙突の突き出ている屋根と壁が、洞窟から半ば外へ出ている小屋だ。その金屋の隣に炭小屋があり、赤耳が炭の束を入れていると、金屋がいつになく騒々しいのに気づいた。金屋には、鉄の塊《かたまり》「鉧《けら》」を産む、溶鉱炉《ようこうろ》がある。耳をすますと、女たちの声がする。

「黒《くろ》かねさま！　黒かねさま！　しっかりなさりませ！」

男たちの声もする。

「医師《くすし》だ！　医師を呼べ！」

金屋の扉が乱暴に開けられて、あま族の人狩りの匠が二人飛び出してきた。稲魂の社のほうへ駆けて行く。後から一人が顔を出して、赤耳に叫んだ。

「おい、そこの者、石桶《いしおけ》から水を汲《く》んで中へ運べ！」

金屋の中で何か起こったにちがいない！　赤耳はあわてて炭小屋の裏に回った。そこには清水が湧いていて、大きな石桶に水が溜《た》められている。縁に置かれていた小桶《こおけ》いっぱいに水を汲むと、赤耳は金屋の中へ走りこんだ。

中はもうもうと黒い煙が立ちこめ、頭がずきずきするような嫌なにおいがして、何も見えない。小桶を受け取ると、赤耳に指図した人狩りの匠が、煙の中心へ駆けこんだ。

その勢いで入り口から風が入り、煙の切れ目から四角い箱のような物と、その手前にうずくまっている女たちが見える。人狩りの匠から小桶を受け取った女が、側に倒れている女に水を浴びせた。もう一人の女が水を浴びた女を抱きかかえ、人狩りの匠に言った。

「早く、黒かねさまを外へ！」

人狩りの匠が「黒かねさま」と呼ばれた女を抱き上げて、外の炭小屋の前に下ろすと、そばに駆け寄った女の一人が、小桶をさし出して、赤耳に言った。

「もう一杯、水を！」

赤耳が再び石桶から水を汲んでくると、女はゆっくりと黒かねさまに飲ませた。まるで火にあぶられた花のように、クシャクシャになった顔が見えた。黒かねさまは老婆《ろうば》だった。

黒かねさまの目が開いたが、金屋から吹き出す黒い煙を見たとたん、わなわなと震《ふる》えて大声で叫んだ。

「おお、金屋火《かなやび》さまがお怒りじゃ！　あまの奴らめ、出来損ないの炭を用いたとな！　ほれ、全ての金屋火さまが、金屋から出て行かれる！　炭を替えよ！」

女たちが炭小屋に入ろうとすると、黒かねさまが制止して言った。

「待て！　外に放り出してある炭の荷を見よ！」

外に放り出してある炭の荷とは、先ほどからの騒ぎで入れ損ねていた、赤耳の荷だ。女たちの一人が大声を出した。

「黒かねさま、何と、金屋火さまが、この炭の荷に巻きついておられます！」

もう一人の女も、炭小屋の入り口を見て叫んだ。

「床に積んだばかりの新しい炭にも、金屋火さまが集まっておられます！」

赤耳も覗《のぞ》きこんで、思わず声を出した。赤耳が置いた炭のまわりに、赤い小蛇が集まっていたからだ。黒かねさまが命じた。

「金屋火さまがさし示された炭に、すべて入れ替えるのじゃ！」

女たちの指図のままに、あまの人狩りの匠も赤耳も、あわてて金屋に新しい炭を運んだ。

女たちに抱えられて、黒かねさまが再び金屋にもどった。しばらくして、医師を呼びに出た人狩りの匠の一人がもどって来て、残っていた人狩りの匠に言い訳をしている。

「稲魂の社では、奴婢を診る医師などいないと突っぱねられました。ただ、社の大巫女さまが憐《あわ》れんで、仕えている巫女を寄越《よこ》されました」

「その巫女は、どこだ！」

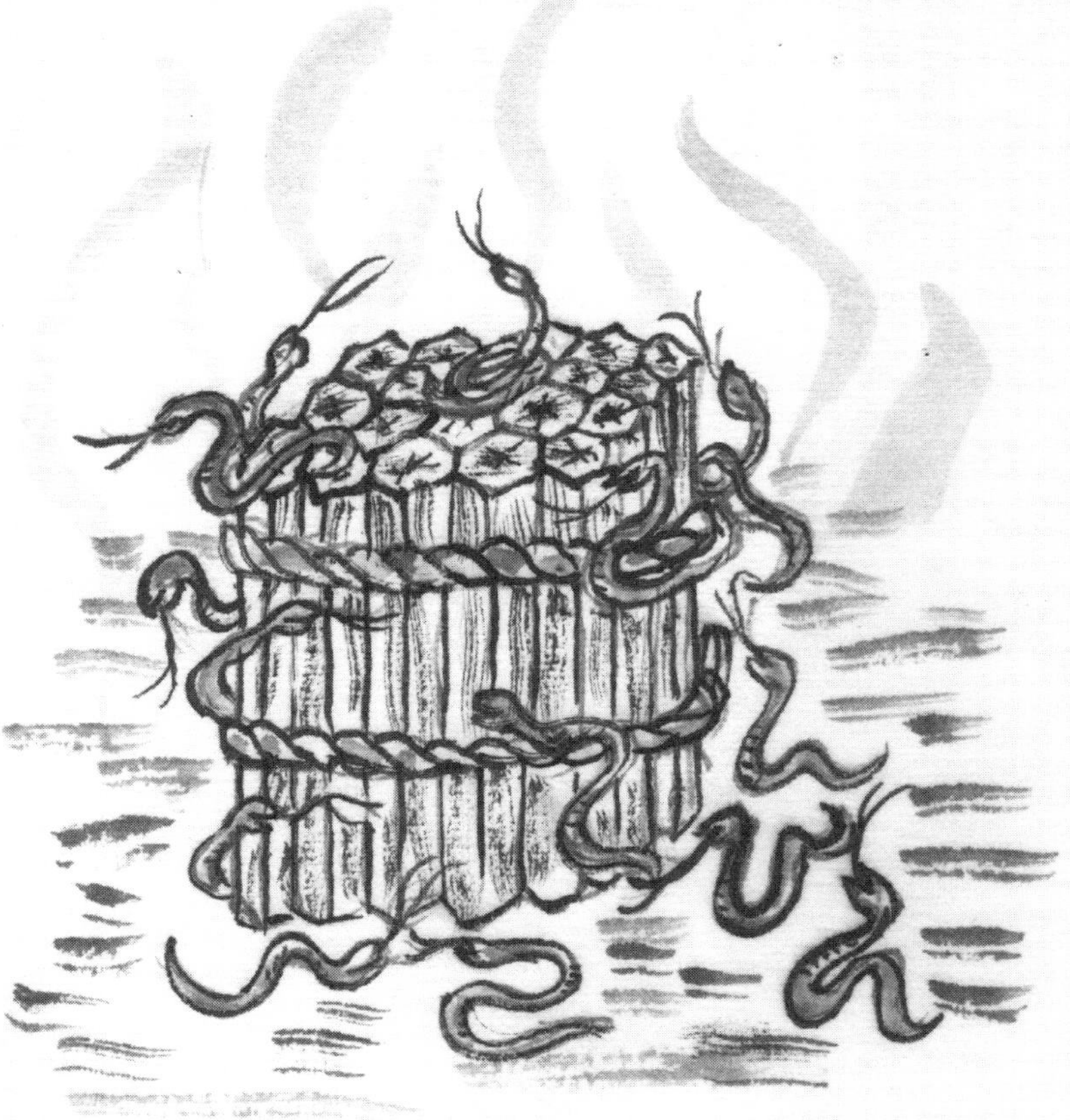

「それが、盲目《めしい》の娘でありますから、少し手間取って……」

そう言い合っているうちに、後ろで女の声がした。

「黒かねさまは、いかがなされました？　金屋で何が起こりましたか？」

人狩りの匠たちと一緒に先を見て、赤耳ははっと息を呑《の》んだ。黒い笠をかぶった背の高い女が、もう一人の人狩りの匠に手を引かれて立っている！　跳ねうさぎの連れ合いの、よみのかぐや！　いや、違う。かぐやに似ているが、笠の下の目がつぶられたままだ。盲目なのだ！　そして赤耳は気がついた。しばらく会っていなかったために見違えたが、跳ねうさぎとかぐやの娘・よみの月の目だった！

月の目を金屋の中に案内してから、もどって来た人狩りの匠が赤耳に言った。赤耳に「水を汲んで来い」と指図した男だ。

「おまえは跳ねうさぎのくど山の灰坊で、長すねと言ったな。今からわしの言うことをよく覚えて、親方に間違いなく伝えよ。

近頃、金屋火さまはお怒り続きで、なかなか鉄が取れない。黒かねは、悪い炭を使うせいだと言うが、炭はすべておまえの親方が作っているし、今までそんなお怒りを招くこともなかったのだ。今でも、おまえが運んできた炭に替えたら黒い煙は収まり、透《す》き通ったきれいな赤い火に変わった。

金屋火さまがお怒りになったという悪い炭を、おまえに託す。わしは金屋部の長・あまの真金《まかね》だ。この炭を調べよと、親方に伝えるのだ。その調べの結果は他の誰にももらさず、跳ねうさぎが直《じか》に、このわしに伝えるのだぞ」

赤耳は空になった背籠を背負い、くど山へ帰ろうと山を下り始めた。すると黒かねさまの側にいた女の一人が、木の陰から走り寄って小声で伝えた。

「この道を下りた先に小川がある。

小川の側に、小さな祠があるから、そこで待て！　黒かねさまからたずねたいことがある。人に見とがめられぬよう、隠れて待つのだ」

第二十七日　赤耳と月の目が会った話

道を下りた先には、あま族が使う雨宮道《あまみやみち》があったが、その手前で小川に出る。東の雨宮から稲魂の社に水を流すために、あま族が掘らせた雨宮川だ。

その両岸は林になっていて、地面は藪だらけだ。赤耳に、「隠れて待て」と伝えた女は「祠」と言ったが、どこを見渡しても、そのような物は見つからない。仕方なく林の中へ入って藪をかき分けているうちに、赤耳は何かにつまずいて、どんと膝《ひざ》をついた。頭の先もすっぽり入りこむほど深く伸びた藪の中に、半ば埋もれた石組がある。四角い形に組まれているから、何かの礎石《そせき》のようだが、組まれた中はゴロ石で埋められていて草むしている。立ち上がってもう一度見回したが、他に目につく物もない。

「人に見とがめられぬよう……」と言われたことを思い出して、赤耳はその場に座りこんだ。さっき金屋に入った月の目のことも気になる。

月の目は奴婢になってはいないとは言え、よみの一族だ。何故あま族の神をまつる稲魂の社から来たのだろう？

あまの人狩りの匠たちは、月の目のことを巫女と言っていたが、跳ねうさぎの元を訪れるかぐやは、そんなことを一度も口にしたことがない……。

その時、誰かが赤耳の足を蹴った。びっくりして目が開いた。赤耳はしばし眠っていたのだ。顔の前に女の顔が近づいた。女は目をつぶっている。夢かと思ったが、女の息が鼻にかかる。月の目だった。

「赤耳！　この匂いは、やっぱり赤耳だったな！　金屋火さまがお示しになった炭を運んで来た、灰坊の長すねとは、おまえだったのか！」

その声は月の目だったが、赤耳は言葉が出なかった。ただ「美しいとは、このような顔を言うのだろうか」と思うだけだった。その美しい女が側に伏《ふ》せて、赤耳の顔に顔を寄せているのだ。

月の目が言った。

「おまえ、あまの真金から、何か預かっただろう？　俺に出してくれ」

赤耳はやっと口を開いた。

「だめだ！　俺は黒かねさまを待っているんだ。祠を探さなくては……。人に見とがめられてはいけないんだ！」

すると女の閉じた目尻が下がって、笑いながら月の目が言った。

「祠と言われても、よみの者でなくてはわかるまい。おまえが頭にして眠っていた、その石組が元雨宮《もとあまみや》の祠の井戸だ。あま族の頼みで、大勢の者が使う雨宮を東に掘ったから、今は水の出ない祠となり元雨宮と言う。

祠で待てと言われた、その黒かねさまの使いが、この俺だ。黒かねさまは、たずねておられる。この数ヵ月、跳ねうさぎの作った炭を届けたのは、いつもおまえかと」

「そうだ」と言いかけて、赤耳は口ごもった。時々、珍の石屋部の木津根が、石屋部と金屋部で使う炭を、まとめて運ぶことがあるのだ。「ついでだから」と言っていた。月の目が言った。

「いつもでは、ないのだな？」

赤耳が「おう、そうだ」と言うと、月の目が重ねて言った。

「あまの真金から預かった炭を、渡してくれ」

赤耳は首を横に振った。

「だめだ！　親方に渡して調べてもらえと言われた」

「あまの真金が、そう言ったのか？」

「そうだ。親方に、調べてもらいたいと言っていた」

「誰かが金屋部の炭を入れ替えている」と、真金は疑っているのではないか？　そう赤耳は感じていたが、そのことを黒かねさまや月の目に言ってよいのか、わからなかった。「調べた結果は他の誰にももらさず……」と言った真金の真剣な顔が、目に残っていたからだ。赤耳が黙ってしまったので、月の目の閉じた目じりが下がって、また笑った。

「相変わらず、赤耳は用心深いな。まあ良いわ。

黒かねさまには、親方が炭を調べるだろうとだけ言っておこう」

月の目はそろそろと立ち上がって、ふいに言った。

「俺は、あまの稲魂の社の、大巫女さまに仕えておる。だが、大巫女さまはあまの者ではなく、わしらと同じよみ族のたつびとだ。次の新月の闇夜に、陽が沈んだら、ここへ来い。

おまえに会わせたいお人がある」

「次の新月の夜？　後《あと》三日しかない！　来られるかどうか……」

「来られなければ、それまでの縁だ。俺はどっちでも良い！」

月の目はそう言うと、足元にころがした杖を手探りして、金屋のほうへもどって行った。地下の暗闇の中を歩くのと違って、老人のように用心深く足を運んでいる。かぐやが言ったように、陽の光の下で月の目はまわりが見えないのだ。

夜になって赤耳がくど山へもどると、親方の跳ねうさぎが言った。

「随分遅かったな」

赤耳は金屋部での騒動《そうどう》を話して、あまの真金の言葉を伝えた。

するとすぐに赤耳の持ち帰った炭を調べて、跳ねうさぎがつぶやいた。

「これは、わしが焼いた炭ではない。こもりの火知りが焼く木を使っておらん」

赤耳はつられてたずねた。

「何故、この炭は白いの？」

「わしらは、山に生える松の木や楢《ナラ》、樫《カシ》の木から炭を作るが、それは庭場行者のこもりの火男さまが、よみのおかめから教わった業だ。その炭はどれも黒い。

だがあま族にも炭を作る者がいる。それは、いわれの地のまわりに植えた木を焼く者たちだ。桐《キリ》の木や朴《ホウ》の木で炭を作るのだが、くど山の中でゆっくり冷やすのではなく、外へかき出して早く冷やすために外側の白い炭になる。鉄を溶かすほどの力は出ないが、あまの奴らはその炭を、武器や盾《たて》の装飾《そうしょく》、家屋敷《やしき》の絵柄《えがら》や顔の化粧《けしょう》に使う。炭や朱の絵具で描いた呪文《じゅもん》で、山の精霊の力を防げると信じているのだ。

それともう一つ、白炭《しろずみ》は細かい粉になるので、金銀を磨《みが》くのにも使われる……」

「金銀」と聞いて、赤耳ははっとした。あまの木津根は、珍の石屋部の人狩りの匠なのだ。そして珍の石屋部は、珍しい石をつなぐために金銀を使う。
跳ねうさぎが言った。
「もうすぐ、新月の夜になる。人目につかずに調べるには好都合だ。あまの真金さまに会いに行こう」

第二十八日　赤耳の生母の話

新月の日、陽が沈むのを待って、跳ねうさぎはくど山の小屋を後にした。赤耳には「明日の朝、陽が昇る前にはもどる」と言いおいて……。

赤耳は少し迷ったが、もう一度月の目に会いたいという気持ちにおされて、跳ねうさぎに見つからないように、その後を追った。親方の跳ねうさぎの持つ小さな松明が、木陰に隠れながら足早に遠ざかる。赤耳は見とがめられないように灯りを持たず、額の石帯の緑色の光だけで西の林の中を近道した。あま族の使う雨宮道から雨宮川を越え、月の目が指定した時間に元雨宮に着くためだ。

雨宮川を越える頃には空の残照もすっかりなくなり、川岸の藪に潜んでいると、しばらくして小さな灯りが橋を渡って来るのが見えた。せかせかと歩く親方の顔が、うすぼんやりと見える。親方の持つ灯りが金屋の方へ上って行くのを確かめてから、赤耳は立ち上がり、藪の中を透かし見た。少し向こうに黒い人影がすっと立ち上がって、緑色の光が見える。近づくと、人影が小声でたずねた。月の目だった。

「さっき、金屋へ行った灯りは何だ？　遅いから、もう来ないのかと思った……」

「親方が、金屋の炭を調べに行ったんだ。俺はその後から出て近道した」

月の目はうなずくと、石帯の光を下に向けた。足元に、元雨宮の四角い石組が見える。その地際《ちぎわ》の中央を、月の目が足で蹴った。すると、石組の中に詰められていた石ころがそっくり「スーッ」と下がって止まった。月の目が言った。

「俺と一緒に、この上に乗れ」

訳もわからず、沈んだ石ころの上に乗ると、二人を乗せたまま足元がどんどん下がり、しばらくすると「ドン！」と底について止まった。

「これは、何だ？」

赤耳が驚くと、月の目が笑った。

「よみの仕掛けだ。あまの稲魂の社へ出入りできる」

降りた先は、大人一人が立ってやっと通れる通路になっていて、頭の上に下がる木の根から水が滴り落ちてくる。濡《ぬ》れた足元の石組に転びそうになりながら、赤耳は月の目の石帯の光を追ったが、すぐに引き離されそうになる。やがて道が上りになっているのに気がついた。そのうち階段に変わって、上がると行きどまりだ。小さな石ころが詰まって壁になっている。月の目が笑った。

「ここで行きどまりか？　違う！　よみの仕掛けに無駄《むだ》な物はないのさ」

月の目が、石ころの壁の足元の、階段最上部を指さした。

「ここだけが、木の上に石を貼りつけた作り物だ。この最上部の左右の壁から石が突き出ているだろう？　それを左右の壁の中に押してみよ」

半信半疑で、赤耳が片方の石を押してみると、意外に軽く動いて「カタン！」と音がした。月の目がもう片方の石を押す。すると「ガタ、ガタ！」と音がして最上部が立ち上がり、それによって目の前の突き当たりの壁が向こう側へひっくり返った。石ころの詰まった壁に見えるにもかかわらず、「カタカタ！」と軽い音だ。赤耳は思わずつぶやいた。

「これも、作り物か……」

目の前の石壁は突き出した橋のようになり、橋のまわりは上も下も真っ暗だが、水の匂いが上って来る。

「ここは井戸なのか？」

驚く赤耳を急《せ》かせて、月の目が上り始めた。壁沿いに平石の出っ張りがある。それに手と足をかけて少し上ると、頭の上で「カラリ」と音がした。月の目が何かをめくったようだ。闇の中に光る点がいくつか見える。星？　星が見える！　月の目がささやいた。

「ここは、あまの稲魂の社の、涸《か》れ井戸ということになっている。稲魂の社の神事に使う井戸は、社の北の山の頂にある狭井《さい》だ。あま族はその井戸から酒を造るので、酒井戸《さかいど》と呼んでおるが」

涸れ井戸から出ると、月の目は粗末な小屋へ赤耳を連れて入り、中の土間の、奥の板戸を叩いた。

「スーッ」と音もなく板戸が引かれて、老婆が顔を出した。無言で月の目を招き入れる。月の目にうながされて赤耳も入ると、老婆はすぐに板戸を閉めて、つっかえ棒をかませた。中も広い土間のようだが、暗くてよくわからない。中央に白い囲いがあり、囲いの中からうすぼんやりとした灯りがもれている。四方に立てられた竹を支柱にした、白布の幕の囲いのようだ。囲いの前に月の目がひざまずいて、声をかけた。

「大巫女さま、山くいの名付け子を連れて参りました」

中で人影が動いて、幕の隙間《すきま》が上げられ、淡い光が射した。女の出てくるのが見えた。

髪に笹《ササ》の葉をさした、背の高い女だ。巫女が着る白い装束をまとい、黒く長い髪が足元まで垂れている。女は探るように赤耳を見たが、小さな声でつぶやいた。

「石帯……、石帯を見せよ……」

戸惑う赤耳に、月の目が言った。

「おまえの石帯を外して、ここへ持って来い」

見ず知らずの女が、いきなり何だ！　赤耳はムッとして動こうとしない。すると月の目が立ち上がって駆け寄り、いきなり赤耳の石帯を外そうとした。

その時赤耳の童子髪が上がって、赤い耳が露わになった。

女の目が大きく開き、やがて涙の滲《にじ》むのが見えた。

「何するんだ！」

赤耳が乱暴に振り払ったので、月の目は叫び声をあげて土間にころがったが、その時赤耳の石帯が飛んで、女の足元に落ちた。女は近寄って、石帯に手を伸ばした。

女の手がブルブルと震えているのがわかる。女は石帯を裏返して何かをじっと見ていたが、やがて腹の底から吐き出すように、低い声でつぶやいた。

「生きていたのだ！　やはり、おまえは死んではいなかった！」

女は高熱にうなされてでもいるかのように、わなわなと体をふるわせて泣きだした。その異様な姿に

赤耳が後ずさりすると、土間に倒れていた月の目が起き上がって叫んだ。

「恐れるな、赤耳！　大巫女さまは、おまえの母《かか》さまだ！」

「母さま……」という言葉が、よくわからない。赤耳はそのまま、まるで石のように固まって立ち尽くした。

第二十九日　大巫女に霊が宿った話

石のように動かない赤耳に、大巫女が歩み寄ろうとした、それを制して、先ほどの老婆が土間に手を当てた。そして聞き耳を立てるようなしぐさの後、大巫女に伝えた。

「本殿《ほんでん》の巫女が揺文《ゆれぶみ》で伝えて参りました。稲田王さまのご命により、稲魂さまのお告げをいただきたいと、あまのかんなぎが参っておるそうでございます。すぐにも、ここへ参りましょう。月の目さまとその童子を外へ！」

老婆は大巫女から赤耳の石帯を受け取ると、月の目に渡した。老婆の言葉が終わらないうちに、月の目は赤耳の腕を引きつかみ、元来た板戸のつっかえ棒を外した。

月の目と赤耳が外の土間へ出ると、老婆は自分の衣で掃《は》いて、二人の足跡を消してから言った。

「これから、大巫女さまに稲魂さまが宿られる。早く元来た道を帰れ！」

月の目が板戸を閉めると、老婆がその場に座りこむ気配がした。しかしあわてていたのか、つっかえ棒を月の目から受け取るのを忘れている。赤耳が外の土間から涸れ井戸のある庭へ出ようとすると、月の目が小声で止めた。

「俺は、大巫女さまに稲魂さまが宿られた姿を見たことがない。見てから帰っても遅くはないだろう。赤耳、ここにいて声を出すな！」

赤耳の頭の中は混乱していて、月の目に従うしかなかった。月の目は、板戸と柱の間に赤耳の石帯をはさみこんで、少し隙間を開けた。

かろうじて白布の囲いの一部が見える。囲いから洩《も》れる灯りは暗くて、赤耳には中の様子がほとんど見えなかったが、月の目には見えるらしく、隙間を広げようと板戸を動かしている。すると音もしないのに風が吹き出した。稲魂の社へつながる、向こう側の板戸が開いたのだ。静かな足音がして、男の声がした。

「大巫女さまに、申し上げます。我らがいわれの地に奇妙な病《やまい》の生じましたこと、そのわけを稲魂さまにおたずねくださりませ」

赤耳たちが隠れている板戸の前から、老婆が立ち上がって向こう側へ歩く足音がして、やがて白布の囲いが揺れた。板戸の隙間からはよくわからないが、何かが囲いの中に入れられたようだ。やがて大巫女の動く気配がして、同時に何かの香りがしてきた。月の目がつぶやいた。

「神にささげる三宝《さんぽう》に、香《こう》が載せられていたのだな……。この匂いは、魂宿《たまやど》り香《こう》……」

中の土間からは何の声もしない。やがて老婆の声と白布の囲いの中の大巫女の返事、その他に向こう側の土間の男の声が聞こえた。赤耳とちがって月の目は大胆《だいたん》になり、板戸の隙間を広げた。正面に月の目の父親・跳ねうさぎほどの年齢の男が座っている。大巫女のように白い衣装だから、恐らく「あまのかんなぎ」と呼ばれた男だろう。

男が袋から木の箱のような物を取り出して、膝の上にかかえて立てた。箱には糸が張られている。男がゆっくりと、その糸をまさぐって弾いた。「ボロン……ボロン……」と弦《げん》の音が響く。月の目がつぶやいた。

「琴《こと》だ……。あま族の使う竪琴《たてごと》……」

赤耳には初めて聴く音だったが、不思議に心地よく心にしみる。そのうち、ぼんやりと眠気さえ襲って来る。月の目があわてて鼻を手でおさえ、赤耳にささやいた。

「魂宿り香の匂いを吸うな！　稲魂さまに心を取られるぞ！」

あわてて鼻をおおうと、赤耳の眠気がおさまった。だが中の土間の白布のおおいの中では、何かただ事ではないことが起こっていた。

大巫女の泣き叫ぶ悲鳴が続き、それと同時に、低く太い男のうなり声もする。やがて大巫女の悲鳴は消えて、男のしわがれた笑い声が響き、やがて破れるような大声が聞こえた。

「よくも外《と》つ民《たみ》の血肉を捧《ささ》げたな！　あまの稲穂はあまの血肉で実る！

外つ民の血で、神のわしが喜ぶと思うな！

あまの血肉が欲しい！　あまの命が欲しい！……」

あまのかんなぎが、琴を弾きながらたずねた。

「稲魂さまは、何故《なにゆえ》お怒りになりますか？　外つ民とは？　あまの命とは？」

男のしわがれた声が、また響いた。

「稲魂は、あまの血肉の生贄《いけにえ》なしに、稲の実りを許しはせぬ！　蝙蝠の住む洞に捧げておるのじゃ！　わしの怒りを知って、蝙蝠どもがおまえたちの血を吸い、わしに捧げておるのじゃ！　蝙蝠の住む洞という洞に、稲の実りを返せ！　外つ民の血を捧げた報いじゃ！」

あまのかんなぎが、琴を弾きながらつぶやいた。

「我らの病は、蝙蝠が血を吸った故とは！

これは稲魂さまのお言葉とも思えませぬ。

蝙蝠は代々稲につく虫を除き、稲の実りを助けてくれる稲魂さまのお使い、それが我らの血を生贄に求めるなどと、奇怪千万《きっかいせんばん》のお言葉でござります」

かんなぎは琴を置いて、老婆に言った。

「神室《かむろ》、大巫女さまに降りた霊は、稲魂さまとは思われぬ！　霊の正体を確かめるぞ！」

かんなぎが荒々しく立ち上がって、白布の幕に近づこうとすると、神室が素早く立ち上がってすり寄った。そのとたん何が起こったのか、「ウウッ」と唸《うな》って、かんなぎが神室の肩に崩《くず》れかかった。

老女にもかかわらず、神室はかんなぎの体をしっかりと抱きとめた。そしてゆっくりと肩から下ろし、向こう側の板戸の外へ重々しく叫んだ。

「稲魂さまのお告げを聞いたであろう？　お告げを疑ったかんなぎは稲魂さまのお怒りにふれて、今亡くなった。あまの稲田王さまに、そのように伝えよ！」

赤耳には見えなかったが、月の目は見た。かんなぎの左胸から、神室が右手に持った長い針をゆっくり引き抜いたのだ。月の目は赤耳にささやいた。

「洄れ井戸へ急ぐぞ！　音をたてるな！」
その後のことを、赤耳はよく覚えていない。ただ無我夢中で月の目に従い、地下の通路を駆けた。元雨宮の底に着くと、月の目は横壁の足元に突き出ている岩を蹴った。横壁の裏で「ゴンゴン」と何かが回る音がして、井戸の底が上がり始め、二人は飛び乗った。

第三十日　呼び合う笛の話

生みの母に出会った夜から、赤耳は怒りっぽくなった。親方の跳ねうさぎから命ぜられた仕事も、怠《なま》けるようになった。それどころか、小屋を離れて何日も姿をくらますようにもなっていた。何処《どこ》といって行きたい所があるわけではない。何をしたいわけでもない。ただ、跳ねうさぎの家族と顔を合わせたくなかった。

今まで「業親」として信頼していた跳ねうさぎや、その連れ合いのかぐやが、赤耳の生母の居場所を話してくれなかったのは、何故だ？　娘の月の目が、いきなり赤耳に生母を引き合わせたのは何故だ？

その上大巫女だと告げられた生母は、異様なお告げを口走り、呪いであまのかんなぎを殺すような、恐ろしい力を見せた。自分を育ててくれたこもりの熊なりと猪の子の様子とは違い、「まるで人とは思えない母から、俺は生まれたのか？」と思うだけで、身震いが止まらない。

赤耳は、くど山から離れた山中をあてもなくさまよい、気がつくと山門の市を見下ろす崖に出ていた。眼下には吉野川とこせ川が光って見える。山門の市には敷かれた菰《こも》の上に商いの品が並べられ、人々が出入りしているのが見える。今までの赤耳なら耳を澄ませて、その声を聞き分けようとしただろうが、今はその気にもなれない。見えない檻《おり》に閉じこめられたように、赤耳は一人ぼっちで寂《さみ》しくてたまらない。ふと赤耳は首から下げた笛に気づいた。月の目がくれた鶯笛だ。たまり次郎を呼ぼう！　口元に笛をくわえ、赤耳は吹いた。

「ホーホケキョ！　ホーホケキョ・キョキョキョキョ……」

耳を澄ませたが、何の答えも帰って来ない。この前、たまり次郎を呼んだのは？　そうだ、霜の月の闇夜に月の目に連れられて、大巫女に会った前の日だった。今は十と二の末の月、あれからもう一月《ひとつき》以上、呼ぶのを忘れている。赤耳はもう一度鶯笛を吹いて空を見上げたが、やはり大鷲の姿は見えない。たまり次郎さえ、自分の仕事に忙しいのだ。俺はやっぱり、一人ぼっちだ……。そう思っていると、空に大きな影が差した。はっとして見上げると、あま族の鳥船だ！

赤耳はとっさに藪の中に飛びこんだ。鳥船は頭上をゆっくり旋回《せんかい》している。姿を見られたかもしれないと感じて崖から離れようとし、赤耳は林へ逃げこんだ。その時、林の枝先からかすかな声がするのに気づいた。幼鳥が親を呼ぶ声だ。あたりを見上げて赤耳は思わずつぶやいた。

「たまり次郎！……」

さっと風が吹いて、たまり次郎が赤耳の腕に舞い降りた。

「おまえ、もう来ていたのか！　何故、こんな所に隠れていた？」

そう言ってから、赤耳は気づいた。たまり次郎は鳥船に追われていたのだ。たまり次郎を腕にのせたまま、赤耳は林に潜んで鳥船の姿が消えるのを待った。たまり次郎の体の重みと温かさが、腕から胸にまで伝わる。たまり次郎はどこにいても、赤耳の鶯笛を聞きつけてくれる。それを知っただけで、体に生気がもどってくるのを赤耳は感じた。

しばらくじっとしていてから、赤耳は林からそろそろと出て、空をうかがった。もう鳥船は見えない。ほっとした時、崖の下から鳥の声が上がって来た。

「ツリーリー、ツリーリー、ツピロロ・ツリリー」

水鳥の中でも一番小さい鳥「ミソサザイ」、わしらの昔の言葉で言うと「サザキ」の鳴き声だ。だが、こんな崖の上まで何故「ミソサザイ」の声が？　用心しながら、崖の下を覗きこむと、山門の市の側の川中に鳥船が泊まっている。しかも、その船から「ミソサザイ」の声がするのだ！　赤耳ははっとした。

「さざきのサザキ笛？」

そう呟《つぶや》いてから、赤耳はたまり次郎に言った。

「よし、おまえはおまえの仕事にもどれ。俺も俺の仕事にもどる！」

空に放すと、たまり次郎は頭上で大きく一回りしてから、南の山々の方角へ飛び去った。

その姿が見えなくなってから、赤耳は鶯笛を吹き鳴らした。すると答えるように「ミソサザイ」の声がいっそう大きくなる。赤耳は崖の横から山道を駆け下りて、崖下の河原に立った。

するとそこに若い男が立っていて、笛を吹く手を止めると、伺《うかが》うようにこちらを透かし見た。かも族の大人が着る羽衣を着ている。一瞬見違えたが、小柄な体格をいつも大きく見せようと胸をはる、特有の姿勢でわかった。さざきだ！

「赤耳！　やっぱり、赤耳だったな！　鳥船で飛んで帰る時たまり次郎を見つけたので、もしやおまえ

がいるかもと、後をつけたんだ！」

さざきが駆け寄って、赤耳に抱きついた。

「おまえは、ちっとも変わらないなあ。まだ跳ねうさぎの親方の小屋か？」

さざきは人の目につくことを恐れて、赤耳を崖下へ誘った。林の下に藪が広がっている。藪の中へもぐりこむと、岩肌に洞が口を開いていた。そこへ入って並んで腰を下ろすと、さざきは言った。

「二年ぶりだろ？　何していた？」

聞かれて赤耳は口ごもった。二年前と違っている今の自分を、どう伝えたらよいのかわからない。つい、嘘を言った。

「別に……。親方の手伝いで炭焼き

さ。おまえは？」

　さざきが自慢気に言った。

「俺が、かもの羽衣を着ているのに気づいたろう？　そうだ、鳥取さまが、父君に話してくださって、奴婢の身分から鳥船の船人《ふなびと》にして下さったんだ。川に浮かんでいるのは、俺の鳥船だ」

　会わなかった二年で、さざきは随分大人びた男に見える。そんなさざきに、今の俺の心中が解るはずはない……。赤耳は目を伏せた。するとさざきが言った。

「おまえ、炭焼きの仕事に嫌気がさしているんじゃないか？　今から俺の鳥船に乗って、かずら山の鳥《とり》船屋形《ふねやかた》へ来い！　鳥取さまが船魂部《ふなだまべ》の見習いを探しておられる」

「船魂《ふなだま》？　何だ？　それは？」

　訳のわからない顔をする赤耳を見て、さざきが笑った。

「船魂とは、鳥船を空に浮かべる箱のことだ。箱の中に燃える火の力で、鳥船は飛べる」

「火で？　くど山の中にも火が燃えているが、くど山は空に浮かぶことなどできぬ」

　赤耳の言葉に、さざきがまた笑った。

「当たり前だ。重い土でできているくど山が、空に浮かぶはずがない。だがもし、くど山がもっと小さくて、火でも燃えない物でできていたら、どうだ？」

　赤耳の目が大きくなった。さざきの鳥船は、赤耳を乗せて飛び立った。

五日間、老人Yはかずきを相手に物語を続け、かずきはその内容を看護日誌に記録した。

＊＊＊＊＊＊＊＊＊＊＊＊＊＊＊＊＊＊＊＊＊＊＊＊＊

【看護日誌――老人Yの話　第六週あらすじ】

火知りの祖こもりの一つ目の元へ、こもりの山くいは見知らぬ茸を運んだ。人狩りの匠の死体に生えていた茸だ。蝙蝠の死体に生えるコウモリ茸に似ていると知らされ、山くいはあま族の異変を察知する。

それから二年たった頃、十五才になっていた赤耳は、あま族の精錬所・金屋部に炭を運びこんでいた。だがそこで、親方の跳ねうさぎの焼いた炭が、品質の劣る炭に入れ替えられていたことを知る。その騒動の中、赤耳は美しく成長した月の目に再会する。

そして月の目の計らいで、赤耳は思いがけず生母に出会う。あま族の稲魂の社の大巫女が、生母だったのだ。しかも生母には稲魂さまの霊が宿り、「他族の者の血を捧げた報いで、あま族に疫病《えきびょう》が起こった」とお告げを口走る。お告げを疑ったあま族のかんなぎは、突然命を絶たれて死んだ。夜目のきく月の目は、お付きの老婆・神室がかんなぎを針で殺害したのを目撃したのだが、赤耳には何も告げなかった。二人は涸れ井戸を下って、その場を後にしたが、生母の異様な姿に赤耳は嫌悪を覚えた。生母のことを黙っていた跳ねうさぎの家族にも不信感が募《つの》り、あてもなく山中を歩き回っているうち、赤耳はさざきと再会し、かも族の鳥船屋形へ去った。

エピローグ

月の目と赤耳の運命

この話をした後、老人Ｙはまたも眠りこみ、二日たった月曜の朝に目を覚まし、朝食を食べに出て来た。そして七度、物語の続きを語り始めた。

だがこの後、老人Ｙが月曜の朝に目を覚ますのかどうか、かかり付けの医師にさえ、確かなことはわからない。かずきは、赤耳の誕生から少年時代をまとめ、「早春編」と名付けることにした。そして成長した月の目と赤耳たちを語った話は、第七週以降の「青春編」として記録した。

「青春編」では、新来の民・あま族に生じた災厄《さいやく》と、先住の民よみ族とこもり族、先住の民でありながら、あま族の臣下になったかも族の若者たちの、思いがけない運命が語られている。「二千年後の現代に、同じ島に生きる我々の遺伝子には、こうした異文化の統合を成し遂げた先祖たちの、知恵と体験がつまっているのだ」と、かずきは感じている。

〈著者紹介〉

木村桂子（きむら けいこ）

1947年　東京生まれ。
大阪大学大学院工学研究科・修士課程修了。
児童文学作家（画名・小池りとな）。
「ストーリーテリングお話あそび研究会」代表

著　書：『泣くな　あほマーク』（ひくまの出版）
『屋根の上のゆうれい』（ひくまの出版）
『言いつけ魔女クシュン』（ひくまの出版）
『ワークホールの夏休み』（評論社）
『昔話のプロファイリング1〜3』（慧文社）
『現代昔話集2〜3』（ミヤネビバブリッシング）
『海の子どもとゴチャマゼクトン』（鳥影社）
『西風のビー玉』（鳥影社）
訳　書：ピーター・ディッキンソン『時計ネズミの謎』（評論社）
他

月の目と赤耳「早春編」
—老人ホームの二千年物語

2024年6月24日初版第1刷印刷
著　者　木村桂子
発行者　百瀬精一
発行所　鳥影社（www.choeisha.com）
〒160-0023 東京都新宿区西新宿3-5-12 トーカン新宿7F
電話 03-5948-6470, FAX 0120-586-771
〒392-0012 長野県諏訪市四賀 229-1（本社・編集室）
電話 0266-53-2903, FAX 0266-58-6771
印刷・製本　モリモト印刷

ISBN978-4-86782-095-7　C8093